KB121252

로크미디어가
유혹하는
재미있는 세상

ROK
MEDIA
로크미디어

이것이 법이다

이것이 법이다 47

2018년 10월 25일 초판 1쇄 인쇄
2018년 10월 30일 초판 1쇄 발행

지은이 자카예프
발행인 이종주

기획 팀 이기헌 왕소현 박경무 이승제
책임 편집 최전경

발행처 (주)로크미디어
출판등록 2003년 3월 24일
주소 서울시 마포구 성암로 330 DMC첨단산업센터 3층 318호, 319호
Tel (02)3273-5135 **Fax** (02)3273-5134
홈페이지 rokmedia.com **E-mail** rokmedia@empas.com

ⓒ 자카예프, 2015

값 8,000원

ISBN 979-11-294-0830-3 (47권)
ISBN 979-11-255-9575-5 04810 (세트)

이것이 법이다

47

자카예프 장편소설

ROK
MEDIA

로크미디어

CONTENTS

똥 군기는 똥이다

"오늘은 어디를 갈까나."

노형진은 기분 좋은 얼굴로 차를 끌고 어디론가 가고 있었다.

그가 가는 곳은 다름 아닌 대학이었다.

물론 그가 갑자기 대학에 입학을 한 것은 아니다. 그가 대학을 가는 이유는 동생인 서세영을 만나기 위해서였다.

"일단은 고기나 좀 사 줄까?"

그녀는 변호사가 되기 위해서 노력했고, 그 덕분에 서울 소재의 대학에 입학할 수 있었다.

학과야 경찰학과이지만 로 스쿨을 노리고 있으니 문제 될 것은 없다.

하지만 같이 서울에 있다고 해도 서로 만나는 것은 쉬운 게 아니었다.

노형진이 있는 곳은 서울 한복판이고 그녀가 다니는 학교는 서울 외곽 쪽이라 거리가 상당하기 때문이다.

서울 끝에서 끝인지라 결국 혼자 자취하게 되었기에 노형진이 쉬는 날에 이렇게 가끔 가지 않으면 만나기도 쉽지 않았다.

"아니면 스테이크…… 아니, 그것도 고기인가?"

오랜만에 만나는 여동생에게 뭘 사 줄까 고민하면서 근처에 간 노형진은 전화기를 들었다.

분명히 만나기로 되어 있으니 기다리고 있을 거라 생각해서 말이다.

"으잉?"

그런데 분명히 약속을 잡았음에도 불구하고 신호가 끊어질 때까지 서세영은 전화를 받지 않았다.

두 번이나 전화했지만 그래도 받지 않았다.

"이상한데?"

분명히 자신과 만나기로 약속했으니 기다리고 있을 것이다.

시간이 틀린 것도 아니고 정확한 시간에 왔는데 오지 않는다니?

"왜 안 나오지?"

노형진은 고개를 갸웃하면서 다시 한 번 전화했지만 역시나 받지 않았다.

"흠······."

혹시나 무슨 일이 벌어진 거 아닐까 하는 생각이 들었지만 노형진은 머리를 흔들어서 그런 생각을 떨쳐 냈다.

대낮에, 그것도 대학 내에서 딱히 무슨 일이 벌어질 것 같지는 않았으니까.

"전화 안 받는다고 경찰에 신고할 수는 없는 노릇이고."

노형진은 입을 쩝쩝 다시면서 주변을 둘러보다가 천천히 학교 안으로 들어갔다.

혹시나 사정이 있어서 못 받고 있다면 학과 사무실이나 근처에 가서 찾는 게 훨씬 빠르니, 교정이나 구경할 겸 그 안에서 찾아볼 생각이었다.

"날씨도 좋고."

이제 늦여름도 지나가고 조금씩 선선해지는 날씨.

학교가 개강하고 나서 대학으로 돌아온 어린 학생들을 보면서 노형진은 왠지 히죽하고 미소를 떠올렸다.

"그러고 보니 저때가 참 좋았지."

이번에는 대학에 가지 않았다 보니 그가 가진 추억은 회귀 전 추억뿐이다.

그래서 그런지 더욱 울컥하는 느낌이었다.

그러는 사이 노형진은 서세영이 다니는 경찰학과가 있는 건물에 도착했다.

그런데 주변은 왠지 썰렁했다.

사람이 없다기보다는, 왠지 분위기가 안 좋은 느낌?

"실례합니다. 여기 경찰학과 학생들 모임이 있나요?"

노형진은 주변을 힐끗거리다가 주변을 청소하는 경비원에게 물었다.

"경찰학과요?"

"네, 오늘 약속이 있는데 안 나와서요. 경찰학과 학생인데……."

"응? 또 한 따까리 하려고 갔지. 저쪽으로 끌고 가던데?"

"한 따까리?"

한 따까리는 군대에서 많이 쓰는 단어로, 민간인들은 그리 쓰지 않는 말이다.

그럴 수밖에 없는 게, 그 의미 자체가 얼차려를 주거나 가혹 행위를 한다는 뜻이 들어 있기 때문이다.

"그게 무슨 뜻입니까?"

"뭐, 하루 이틀 문제인가요. 저 뒤의 체육관으로 애들 집합시켜서 끌고 가던데."

노형진은 그 말을 듣고는 어이가 없어서 눈이 절로 찡그러졌다.

그러자 경비는 노형진을 위아래로 살폈다.

"학생이 아닌가 보우?"

"네? 아, 네."

노형진은 아직 젊은 나이다. 나이로 보면 복학해서 학교에

다닐 나이이니 학생으로 보일 만했다.

더군다나 오늘은 쉬는 날이라고 편하게 입고 나왔기 때문에 학생으로 오인할 수도 있다.

"쯧쯧, 그러니 모르지."

"모른다고요?"

"그렇잖수?"

학교 내에서는 다 아는데 혼자 모른다는 것은 외부인이라는 소리밖에 안 된다.

그 말을 들은 노형진은 점점 더 기가 막혔다.

도대체 얼마나 심하기에 온 학교에 소문이 파다하게 났단 말인가?

"뭐, 내가 말할 건 아닌 것 같고. 저 뒤로 돌아가면 체육관으로 연결되우. 하지만 거기로 가지 말고, 뒤쪽으로 가면 체육관 지하에 있는 비품 보관실로 들어갈 수 있는데, 그쪽으로 가면 있을 거유."

"감사합니다."

노형진은 그쪽으로 서둘러 발을 옮겼다.

그리고 얼마 지나지 않아서 아래쪽에서 들려오는 목소리에 절로 고개가 숙여졌다.

보아하니 환기용으로 만들어진 창문으로 목소리가 새어 나오는 모양이었다.

"이 개새끼들! 방학 끝났다고 군기가 빠졌지!"

날카로운 여학생의 목소리.

노형진은 고개를 숙여서 허리쯤에 나 있는 창문을 통해 아래를 내려다봤다.

지하 창고는 생각보다 넓었다.

체육관 아래 지하 1층을 몽땅 지하실로 만든 형태.

그 안에서 사람들이 엎드려뻗치고 있었다.

그리고 그 앞에는 여학생 몇 명, 남학생 몇 명이 서 있었다.

"요즘 세상이 만만하지? 응? 이 새끼들아! 사회가 만만한 줄 알아? 어디서 군기가 빠져 가지고."

"……."

하지만 엎드려 있는 사람들은 대꾸하지 못했다.

할 수가 없다는 표현이 정확할 것이다.

"아가리 털어 봐, 곡소리 나는 줄 알아."

"신음 소리 나지? 신음 소리는 침대에서나 내, 이 걸레 년들아."

발로 엎드린 학생들을 차 버리는 남자들.

그리고 그 뒤에서는 각목을 든 남자들이 살벌한 분위기를 내고 있었다.

"오늘 내가 이 정신 봉으로 정신 번쩍 차리게 해 줄게."

각목을 잡고 나서는 한 남자.

"한 명씩 앞으로 나와. 딱 다섯 대 씩만 맞자."

그는 몸을 풀면서 앞으로 나섰고, 그 말을 들은 다른 남학생들 역시 각목을 들고는 자리를 잡았다.

"맞을 때 '정신을 차리자.'라고 구호한다! 알았나?"

"······."

"알았냐고, 이 쌍놈의 새끼들아!"

"네!"

"좋아. 오늘을 기점으로 너희들은 다시 태어나는 거다. 알았냐!"

각목을 잡고 후려치려고 하는 하는 남자.

하지만 노형진은 그걸 그냥 둘 수가 없었다.

자신의 여동생이 그곳에서 맞을 위기였던 것이다.

"그만하지?"

노형진은 소리를 질렀다.

그러자 그곳에 있는 수백 명의 시선이 이쪽으로 쏠렸다.

"넌 뭐야, 이 새끼야?"

노형진을 보고 버럭 소리를 지르는 남자들.

"타 과 새끼는 아가리 닥치고 꺼져라. 남의 일에 끼어들지 말고."

"허? 어린놈의 새끼가 말하는 본새 하고는."

"어린놈? 꼴을 보아하니 나랑 비슷한 나이인 것 같은데 이 새끼가 미쳤나?"

확실히 수십 명이 흉기로 무장한 곳에 덤비는 것은 쉬운 일이 아니다.

하지만 노형진으로서는 그냥 둘 수가 없었다.

서세영이 있다는 것도 문제지만, 이들의 정체성도 문제였다.

"너희들, 경찰학과 아니야? 경찰 지망생들 아니냐고. 그런데 지금 뭐 하는 짓거리야?"

노형진은 일단 그들의 행동을 멈추게 하고 옆에 나 있는 문으로 들어가면서 한 소리를 했다.

"타 과 새끼가 할 말은 아닌 것 같은데?"

"타 과 새끼라…….."

노형진은 피식하고 웃음이 나왔다.

그제야 노형진을 알아본 서세영이 깜짝 놀라서 소리쳤다.

"오빠!"

"오빠?"

"오빠였어?"

"뭐야? 같은 학교 새끼도 아니잖아?"

얼굴에 가득 드러나는 비웃음 그리고 우월감.

"이거 우리 학교 수업 방식이니까 꺼져라."

"좆같은 소리 하고 자빠졌네."

"뭐?"

노형진은 서세영에게 다가가서 그녀를 일으켰다.

"일어나."

서세영이 일어나려고 하자 그 앞에 서 있던 남자가 버럭 소리를 질렀다.

이것이 법이다

"일어나 봐. 일어나면 뒈진다, 알았냐?"

"지금 뭐라고 했냐?"

"뒈진다고! 어디서 연대책임에서 벗어나려고 해? 너, 일어나면 연대책임이야! 알아?"

눈을 찡그린 노형진.

일어나려던 서세영은 어쩔 줄 몰라 했다.

그리고 노형진은 마음을 굳혔다.

"쓰레기들 사이에 뭐 봐야 쓰레기밖에 더 되겠어? 일어나. 연대책임이고 나발이고 당장 자퇴하자."

"뭐? 자퇴? 이게 미쳤나?"

"오…… 오빠!"

자퇴라는 말에 깜짝 놀라는 서세영.

하지만 노형진은 확실하게 선을 그었다.

그녀가 뭐라고 하든, 이곳은 아니었다.

"어차피 넌 변호사가 되려고 하는 거 아니었어? 로 스쿨 통해서 변호사가 되려면 다른 곳도 방법은 많아. 이런 시궁창에 같이 있을 필요 없어."

"시궁창?"

"얼씨구? 이 새끼 아가리 터는 거 보소."

각목을 들고 다가오는 남자들.

그걸 보고 노형진은 혀를 끌끌 찼다.

'꼴 참……. 이게 경찰 후보생이라고?'

경찰학과를 왔다는 것은 경찰이 되겠다는 뜻이다. 그런데 이건 아무리 봐도 조폭 그 이상도, 그 이하도 아니었다.

"뭐질래? 어디 듣보잡 새끼가 와서 애들을 빼 가?"

위협하면서 다가오는 학생들을 보면서 노형진은 피식 웃었다.

듣보잡이란 듣도 보도 못한 잡것이라는 말이다. 그리고 보니 자신을 모르니 잡것 취급할 수밖에.

"아, 그러고 보니 내 소개를 안 했네."

"소개?"

"그래. 노형진이라고 서세영의 오빠다. 뭐, 성이 다른 건 이유가 있으니까 그렇게 알고 있고."

"그래서 뭐? 통성명이라도 하자고?"

"듣보잡이라면서? 그러니 듣고 보게 해 줘야지. 현직 변호사고 법무 법인 새론의 이사다. 이제 듣보 아니지?"

노형진의 말에 갑자기 분위기가 확 바뀌었다.

그럴 수밖에 없는 게, 경찰이 아무리 있는 척해도 변호사나 검사보다는 한 수 아래다. 더군다나 이들은 경찰도 아니고 경찰 지망생일 뿐이다.

"일어나, 어서!"

"으응."

결국 서세영은 마음을 독하게 먹고 일어났다.

그녀도 이딴 학교, 그만두기로 마음먹은 것이다.

"너 일어났어? 연대책임이 무섭지도 않은가 봐?"

그 상황에서조차 �꽤액 소리를 지르는 여학생.

눈치 빠른 몇몇이 그녀의 옆구리를 쿡 찔렀지만 이미 늦었다.

"연대책임? 대한민국에서 연대책임은 불법인 거 모르나?"

"그거야 사회나 그렇지, 여기는 학교입니다. 학교. 학교라는 특수성을 감안하셔야지요."

변호사라는 말에 눈치 빠른 남학생 한 명이 바로 존댓말로 바꾸어 대거리해 왔다. 하지만 물러날 생각은 여전히 조금도 없는 듯했다.

"학교의 특수성이라……. 넌 어떻게 대학에 들어온 거냐?"

"뭐라고요?"

"사회가 크냐, 아니면 학교가 크냐?"

"그거야……."

"사회라는 조직에 더 오래 속할 것 같아, 아니면 학교라는 조직에 더 오래 속할 것 같아?"

"당연히 사회에 오래 속하죠. 그래서 미리 교육하는 거 아닙니까? 사회가 얼마나 무서운지 알아야죠."

"사회가 무섭다라. 그런데 이런 거 사회에서 인정받는 행위야? 특히나 경찰 조직에서?"

꿀 먹은 벙어리처럼 입을 다무는 남자.

당연히 안 된다.

"더군다나 학교는 사회의 일부 아닌가? 학교가 군대처럼 유사시 전투를 위한 특수 집단이냐?"

"그건 아니지만 폭력 집단을 상대하려면……."

"그건 경찰이 할 일이지 당신들이 할 일이 아닌데? 그리고 후배들이 언제부터 폭력 집단이 됐어?"

"……."

변명해 보려고 하면 할수록 그들은 수렁에 빠질 수밖에 없었다.

애초에 변호사를 말발로 이길 수 있을 리 없지 않은가?

"그런데 도대체 왜 이런 일이 벌어진 거야?"

노형진은 입을 꾸욱 다물고 노려보는 그들을 무시하면서 서세영에게 이유를 물었다.

아무리 자신의 동생이 있다고 해도 양측 의견은 들어 봐야 하니까.

물론 그렇다고 해서 그들의 잘못이 용서되는 것은 아니지만 말이다.

그러나 이유를 들었을 때, 노형진은 어이가 없을 지경이었다.

"염색 때문에."

"엉? 뭔 염색?"

"동기가 염색했다고 이래."

"염색?"

노형진은 주변을 둘러보았다.

하지만 염색한 사람은 보이지 않는다.

"없는데. 여기 없는 거야?"

"아니, 저기……."

선두에 엎드려 있는 여자를 가리키는 서세영.

그걸 본 노형진은 기가 찼다.

"지금 저걸 가지고 문제 삼은 거야?"

눈에 확 띄는 붉은색이나 노랑색도 아니고 흔하게 하는 밝은 갈색 정도의 자연스러운 염색이다.

그런데 그걸 가지고 집합이라니?

"염색은 2학년부터만 가능하거든."

"그건 또 뭔 개소리야?"

"원래 규정이 그래."

듣다 보니 이건 답이 없다.

염색은 2학년부터만 가능하고 귀걸이 같은 것은 3학년부터 가능하단다. 1학년은 아무것도 안 되고.

그런데 동기가 방학 때 염색을 했다.

개강할 때 다시 염색한 것도 아니다. 방학 시작할 때 염색한 게 빠지지 않았을 뿐이다.

"이거 완전 노답이네."

노형진은 눈을 찌푸리면서 서세영의 손을 잡아당겼다.

"나가자."

"너 나가면 연대책임이다."

최후까지 태클을 거는 선배라는 작자들.

서세영은 어쩔 줄 몰라 했다.

자신은 그만두기로 결정했다고 하지만 아직 남아 있는 친구들이 있기 때문이다.

'이거 도대체 얼마나 썩은 거야?'

도무지 그 끝을 알 수 없을 정도로 썩었다.

'그러고 보니…….'

한쪽 구석에 있는 박스가 보였다.

그리고 거기에 모여 있는 핸드폰들.

심지어 누군가를 신고할 것을 대비해서 핸드폰까지 모조리 빼앗은 것이다.

'이건 완전 인질극 아니야?'

대놓고 인질극을 하는 선배라는 작자들을 보면서 노형진은 이를 악물었다.

이건 답이 없다.

"그렇게 나온다면야……."

노형진이 순순히 물러나는 듯한 말을 하자 서세영은 고개를 갸웃했다.

친오빠는 아니지만 노형진의 성격을 모르는 것도 아니다. 자신보다 더 물러날 줄 모르는 게 그다.

그런데 물러나는 것같이 들리는 말을 하다니.

물론 노형진은 물러날 생각이 없었다.

"그러고 보니 당신들 경찰 지망생이었지."

"그런데요?"

"그러면 선배 한 번은 만나 봐야겠네."

"선배?"

노형진은 자신의 품에서 핸드폰을 꺼내 들었다. 그리고 그걸로 112에 전화를 걸었다.

"경찰 선배들 말이야. 경찰 선배들이 뭐라고 하는지 한번 두고 보자고."

노형진의 말에 다들 움찔하면서 핸드폰을 빼앗고 싶어 하는 눈치였다.

노형진은 그 전에 손을 들어서 손을 까딱거렸다.

"아아, 움직이지 마."

"크흑."

"아, 그리고 아까부터 연대책임 연대책임 하는데."

노형진은 선배라는 작자들을 보면서 확실하게 못 박았다.

"너희들이 저지른 일에 대해서 연대책임을 질 준비가 되어 있으면 좋겠다. 사회를 배운다고? 그 사회, 내가 뼈저리게 가르쳐 줄게."

노형진은 분노에 찬 눈으로 그들을 노려보면서 말했다.

"허."

송정한은 노형진이 개인적 사건을 한다고 해서 무슨 일인가 하고 들으러 왔다가 혀를 끌끌 찼다.

"개판이구만."

"그딴 새끼들이 경찰을 한다고 생각해 보세요. 무슨 일이 일어나겠습니까?"

"끔찍하구만."

법도 안 지키는 놈들이 경찰이 된다고 해서 법을 지킬 리 없다.

그런 놈들이 자신의 권력을 이용해서 뇌물을 요구하고 청탁을 들어주는 것이다.

"넌 쉬는 꼴을 못 보는구나."

손채림의 입에서는 한숨부터 튀어나왔다.

분명히 쉬는 날이라서 세영이한테 맛난 거 사 주러 간다고 했는데 또 덜컥 사건을 들고 온 것이다.

"그러게 말이다. 아무리 한 번 더 기회를 줬다지만 아주 뽕을 뽑네, 뽕을 뽑아."

"응?"

"아, 그런 게 있어."

노형진은 툴툴거리면서 입을 다물었다.

회귀했다고는 말할 수 없으니까.

"그래서 정신 개조를 해 줄까 생각 중입니다. 걸러 낼 놈은 걸러 내구요."

"그래야지. 그런 놈들이 경찰이 되면 피해를 보는 것은 국민들이야."

송정한도 그런 부분에 대해서는 전적으로 공감했다.

변호사로 일하면서 무능한 경찰이 저지른 일을 한두 번 본 게 아니다.

더군다나 그는 판사 경험도 있다.

그런데 판사 시절에도 보면 무능한 경찰들은 자신의 실적을 올리기 위해서 사건을 조작하는 경우가 많았다.

당연히 그 피해는 국민들에게 돌아간다.

"그런데 경찰대학이 그런 곳이던가?"

"경찰대학이 아닙니다. 경찰학과죠."

"경찰대학도 아니고 경찰학과야?"

김성식도 머리를 절레절레 흔들었다.

경찰대학은 말 그대로 사관학교 같은 개념이라 위계질서가 중요하지만, 경찰학과는 그저 학과일 뿐이다.

다른 사람들보다 좀 더 유리한 위치에 있다고 하지만 어디까지나 민간인들.

"아니, 그런 똥 군기는 도대체 어디서 생기는 거야?"

"원래 미꾸라지 하나가 물 흐린다고 하지 않습니까?"

"끄응……."

요 근래 들어서 학교마다 똥 군기로 문제가 많이 발생하고 있었다.

물론 학과적으로 그런 특징을 가진 곳들이 없는 건 아니었다. 세상은 발전하는데 그곳은 발전하지 못하는 것이다.

"그래서 자네가 전쟁을 하겠다는 건가?"

"해야지요. 이건 장기적으로 봐야 합니다."

"그러게나."

　송정한은 순순히 고개를 끄덕거려 줬다.

　문제가 있으면 해결해야 한다. 그러지 않으면 이 악순환은 계속된다.

"지금으로써는 자네도 사건이 없으니 나쁜 건 아니겠군."

"거기에 나도 끼어도 될까?"

"네?"

　송정한은 김성식의 말에 깜짝 놀랐다.

　이건 지극히 자신의 개인적인 사건이다. 그런데 그가 끼어들다니?

　더군다나 그는 맡고 있는 사건이 있는 상황이다.

"아, 전면적으로 나선다는 건 아니고, 선 정도는 대 줄 수 있다는 거지."

"그래 주시겠습니까?"

"나도 그 문제에 대해서는 고민이 많거든."

"하긴, 검사 출신이니까 더 잘 아시겠네요."

"아주 뼈저리게 알지."

　판사는 그냥 판결만 하니 알아도 이성적으로만 안다.

하지만 검사는 그들과 부대끼면서 수사해야 한다.

"그런데 제대로 되지도 않은 쓰레기 같은 녀석들을 만나면 답이 없거든. 그런 새끼들이 뇌물을 받아 처먹고 조서를 거짓말로 쓰는 바람에 피고랑 원고가 바뀐 게 한두 번도 아니고."

"그런가요?"

"그래."

제대로 된 경찰이라면 그런 일을 하지 않을 테지만 자질이 되지 않는 놈들이 시험만 봐서 붙어 버리니 문제라는 것이다.

"운이 좋아서 내가 눈치채면 고치지만 그러지 못한 경우도 몇 번 있었지."

"그렇군요."

"그때마다 법원에서 무슨 소리를 듣겠나."

"이해가 갑니다."

"나야 뭐, 바늘 가는 데 실 가야지."

피식 웃는 손채림.

그녀는 같은 팀원이니 당연히 돕겠다는 뜻이었다.

"그런데 어떻게 할 생각인가? 그날 경찰이 와서도 별말 하지 않고 갔다면서?"

"하루 이틀 일이 아니더군요."

워낙 자주 일어나서 몇 번이나 신고가 들어갔던 일이었다.

의협심이 넘치는 사람들이 몇 번이나 신고했지만, 경찰은 제대로 대응하지 않았다.

"미쳤구만."

그 당시 상황을 보면서 수십 명을 위계를 이용해서 감금해서 특수 폭행을 한 상황이다.

엄밀하게 말하면 단순 폭행이 아니라 폭력행위등처벌에관한법률상의 강력 범죄로 법적으로 보면 심각한 사건임에도 불구하고, 경찰은 시큰둥하게 반응했다.

"교수가 나서서 무마하는 모양이더군요."

"교수가?"

"네. 사실 이건 교수가 방조하지 않으면 벌어질 수 없는 일 아닙니까?"

"그렇기는 하지."

아무리 대학생이라고 하지만 어찌 되었건 애들이다. 그러니 교수가 하지 말라고 하면 할 수가 없다.

당장 학점이나 미래가 달려 있으니.

"대부분의 이런 대학 폭력 사건에서 교수는 최소 방조범, 보통은 공범이지요. 어떤 경우는 교사범인 경우도 있고요."

"끄응."

교수들은 알면서도 모른 척한다.

일부는 통제의 편리성을 이유로 직접적으로 구타하라고 요구하기도 한다.

그들은 문제가 될 때마다 몰랐다고 주장하지만, 시스템적으로 그들이 모를 수가 없다. 그저 책임을 피하기 위해서 거짓말을 하는 것뿐이다.

신고가 이루어질 때마다 교수가 나서서 무마했고 경찰은 모든 척 넘어가 줬다.

그리고 신고한 사람들에게는 대학 차원의 불이익이 돌아왔다. 결국 그들은 학교를 그만두는 수밖에 없었다.

"전형적인 악순환이군. 쯧쯧, 좋은 걸 배우고 세상을 바꿔야 하는 대학생들이란 녀석들이 가장 안 좋은 것만 배우고 그걸 따라 하고 있으니."

세상을 발전시켜야 하는 젊은이들이라는 말이 무색하게 그들은 가장 안 좋은 내부 고발자에 대한 폭력과 왕따를 배웠다.

그러다 보니 결과적으로 바른 일을 하는 사람들은 잘려 나가고 썩을 대로 썩은 녀석들만 남아서 경찰이 된다.

그리고 그들은 경찰을 부패시키고 가해자들에게 뇌물을 받으면서 사건을 조작한다.

"경찰이 가장 강한 정의감을 가지고 있어야 하는 조직이라는 점을 생각하면 참 아이러니한 일이지요."

사건을 해결하는 것은 경찰, 검찰 그리고 법원이다.

그러나 검찰은 사건의 기록을 분석하고 공소를 하는 곳이고, 법원은 그걸 가지고 처벌하는 곳이다.

즉, 사실상 경찰이 사건을 가장 현실적으로 접하고 또 피해자를 구제할 수 있는 가장 확실한 집단인 셈이다.

"그런데 이런 식이라니."

김성식도 익히 아는 문제점인지라 머리를 절레절레 흔들었다. 한두 번이 아닌 문제니까.

"그래서 자네는 어떻게 하고 싶나?"

"연대책임을 좋아하는 것 같으니 연대책임을 물어야지요."

물론 간단하게 생각하면 세영이를 꺼내 오면 모든 게 끝이다. 하지만 그렇게 두면 또 다른 피해자가 나올 것이다.

"그리고 돈도 좀 되고요."

"돈? 아아아."

송정한은 고개를 끄덕거렸다.

"이런 문제가 좀 심각하지?"

"요즘 심각해지기는 했지요."

원래는 체육 관련 학과나 대학들의 고질적인 문제였던 것이, 이제는 한의대나 철학과 등 여러 학과에 퍼지게 된 것이다.

"확실히 그 정도면 상당한 돈이 되겠구만."

사회적 문제를 고칠 수 있는 것도 마찬가지이고 말이다.

아무리 대학이라고 할지라도 1학년이 모조리 들고일어나면 무시할 수는 없다.

"그러면 자네가 이번 사건은 한번 해 보게. 다른 사건은 안 맡기도록 하지."

"감사합니다."

송정한은 고개를 끄덕거렸고, 노형진은 미소를 지었다.

이것이 법이다

그러자 김성식이 물어봤다.

"내가 도와줄 건 뭔가?"

"글쎄요. 압력을 가해 주시는 건 좀 아니고……."

"아니고?"

"네. 전 중수부장이 압력을 가하면 모양새가 그렇지 않습니까? 상대방은 고작 경찰도 못 된 지망생들일 뿐인데."

"그건 그렇지."

"칼은 필요할 때만 휘두르는 겁니다. 닭 잡는데 소 잡는 칼을 휘두를 필요는 없지요."

"그러면?"

"닭 잡는 데 필요한 칼이나 좀 모아 주셨으면 합니다."

"닭 잡는 데 필요한 칼?"

"네, 후후후. 그들도 자기들 칼에 당해 봐야지요."

⚖️

"도대체 왜 그러는 거야?"

"응? 뭐 말이야?"

"아니, 그 괴롭히는 거 말이야."

"똥 군기?"

"그래, 그 똥 군기. 난 이해를 못 하겠네."

손채림의 말에 노형진은 이해가 간다는 듯 고개를 끄덕거렸다.

　그녀의 입장에서는 그들의 행동이 이해가 가지 않을 것이다.

　"전통이니 뭐니 하기는 하는데."

　"전통 같은 소리 하고 자빠졌네. 세영이 다니는 학교에 경찰학과가 생긴 지 얼마나 된 것 같아?"

　"웅? 그래도 한 20년은 되지 않았을까?"

　"10년이다, 10년."

　"엥? 고작?"

　"그래."

　"아니, 근데 왜 그러는 거야?"

　"세상은 원래 미친놈 하나 끼면 미쳐 날뛰는 거야."

　전통이니 뭐니 개소리하지만 대부분 전통은커녕 행사도 아니었다.

　"보통은 선배라는 작자들 중 한 명이 개지랄하면서 시작되지."

　사람이 다 똑같은 게 아니다.

　자신의 이득을 위해서 언성을 높이고 남을 밟아 버리는 사이코패스가 존재하기 마련이다.

　"그런 녀석들이 고학년이 되면 갑자기 헛소리를 하기 시작하지."

　자기들이 편하기 위해서 후배들을 괴롭히는 것이다.

　말로는 전통이니 뭐니 하지만 그딴 건 존재하지 않는다.

　"보통은 그걸 주변에서 막거나 고발해야 하는데, 그게 쉽지 않거든. 선한 자가 침묵을 지키면 악이 승리한다고 하잖아."

동기들은 동기를 막기 뭐해서 그냥 둔다.

그리고 그 녀석이 그렇게 똥 군기를 잡으면 자기도 뭐가 된 것처럼 느껴지기 시작하니 으쓱거리면서 그 똥 군기 잡기에 동참한다.

결과적으로 악이 승리하는 셈이다.

"그 후에는 악순환의 시작이지."

그럼 그렇게 개지랄을 떨던 녀석들이 졸업하면 그런 적폐가 사라지느냐?

아니다. 그렇게 가혹 행위를 당한 사람들 중 일부는 억울하게 생각하기 시작한다.

자기들만 당할 수 없다고 말이다.

그러니 다시 똥 군기를 잡기 시작하고, 그걸 잘못되었다고 생각하던 사람들은 막기도 그렇고 싸우기도 그러니 그냥 모른 척해 버린다.

"결과적으로 언제나 악은 승리하고 똥 군기는 전통이랍시고 계속 흘러가는 거지."

"끄응."

말로는 전통이라고 하지만 그딴 건 전통도 아니다.

"현재 군대도 그러지 말라고 하는데 무슨 전통이야."

전통과 악습은 확실하게 구분해야 하고 악습은 없어져야 한다.

그러나 그들은 악습을 전통이라고 우기면서 범죄를 저지른다.

"그러면 어떻게 할 거야? 무조건 고소 넣을 거야? 증거가 없잖아."

"증거는 없지만 증인은 많지."

"증인? 누구?"

"세영이 친구들."

"과연 그들이 할까?"

"할 수밖에 없을걸."

노형진은 자신하고 있었다.

"하지만……."

서세영은 어차피 그만둘 학교, 확실하게 뜯어고치겠다며 당연히 쌍수를 들어서 환영했다.

도무지 답이 안 보이는 쓰레기통에 있어 봐야 자신의 꿈을 향해서 갈 수는 없으니까.

공부해야 하는 시간에 매일같이 끌려가서 두들겨 맞는 곳에서 무슨 미래를 준비하겠는가?

그러나 서세영과 다르게 다른 학생들은 고민할 수밖에 없었다.

"우리가 나서면 보복이 들어올 텐데요……."

우물쭈물하는 동기들 중 한 여학생이 자신의 의견을 말하면서 앞으로 나섰다.

"성함이?"

"송윤영이라고 합니다. 세영이랑 그다지 친한 건 아닙니다만, 일단 동기라서."

"아, 네."

아마도 그녀가 일종의 대표쯤 되는 모양이다.

하긴 상대방이 변호사다 보니 너도나도 떠드는 것은 부담될 것이다.

'일종의 총대를 멘 건가?'

표정을 보아하니 그런 건 아닌 것 같다.

그렇다면 상당히 리더십이 있는 타입이라는 소리.

그리고 그녀는 자신의 의견을 강하게 어필하는 것으로 그걸 증명했다.

"매일같이 괴롭힘을 받는데 거기에다가 고발까지 진행하면 무슨 일이 벌어질지 생각해 보세요."

"편해질 겁니다."

"당연히 보복이……. 네? 편해지다니요? 보복을 생각하셔야지요."

"절대 못 합니다."

"어째서요?"

"여기 온 사람들은 경찰이 되려고 온 거니까."

"무슨 말씀이신지?"

"신고하면 사건에 따라서 처벌이 정해집니다. 그건 아시죠?"

다들 고개를 끄덕거렸다.

아무리 학교가 제대로 안 굴러가도 그 정도도 모르는 건 아닐 것이다.

"그런데 신고에 대한 보복 폭행은 가중처벌 대상입니다. 무슨 뜻인지 아십니까?"

"그게 무슨 뜻이지요?"

"전과가 있으면 경찰은 못 합니다."

"아!"

전과가 있는 사람들은 당연히 경찰이 되지 못한다.

하물며 신고자에 대한 보복 폭행을 한 사람들은 더더욱 말이다.

"그 녀석들은 신고당한 이상 두 손 두 발이 묶이는 셈이지요."

그들이 여기에 온 것은 다 경찰이 되기 위해서다. 그러니 가중처벌로 기회조차 박탈당하지 않으려면 그들로서는 방법이 없는 셈이었다.

"범죄를 감추기 위해서 협박하는 자들은, 그 범죄가 신고되면 엄청난 손해를 보기 때문에 그러는 겁니다."

"하지만 그렇게 되면 선배들은 여기에 있을 이유가 없는데요."

"제가 노리는 게 그겁니다."

"에?"

"경찰이 될 이유가 없다면 경찰학과에 있을 이유가 없지요."

전과를 달면 경찰이 된다는 건 불가능하다. 그리고 경찰학과에 들어온 학생의 최종적인 꿈은 보통 경찰이다.

"그러면 그들은 어떻게 할까요?"

"떠나겠군요."

남아 있어 봐야 그건 그냥 등록금을 버리는 셈이다.

한 학기 등록금이 1천만 원이나 되는 판국에 되지도 못할 경찰이 될 공부를 하는 학과에 누가 남아 있을까?

"그때는 진짜로 경찰이 되려고 하는 사람만 남겠지요."

그것도 아주 깨끗한 사람만 말이다.

"오오!"

"우리가 왜 그런 생각을 못 했지?"

상대방이 공직을 노리는 이상 도리어 유리한 것은 이들이다. 그러나 그들은 선후배라는 관계에 묶여서 그걸 생각하지 못한 것이다.

"연대 의식이라고 하지만 그건 연대가 아닙니다. 그냥 가혹 행위일 뿐이지요."

그들은 자신의 범죄를 감추기 위해서 노력한 것뿐이다. 그리고 그게 악순환이 된 거고.

"하지만 그것도 완벽한 건 아닌데요?"

"네?"

"솔직히 진짜로 경찰이 되려고 하는 선배들은 이런 것에 관심이 없는 분들이 많아요."

송윤영은 노형진이 말한 부분에서 약점을 지적해 줬다.

"선배라고 후배 괴롭히는 사람들의 대부분은, 진짜로 경찰이 되려고 하기보다는 그냥 성적에 맞춰서 온 사람들이라고요."

"알고 있습니다."

가혹 행위로 인한 자신의 이익을 생각하는 게 아니라 상식적으로 진짜로 경찰이 되기 위해서는 수십 대 일의 경쟁을 뚫어야 한다.

그러니 진짜로 경찰을 노리는 사람들은 이런 가혹 행위에 참가하지 않고 자기 공부 하기 바쁘다.

경찰은 공부만 잘하는 게 아니라 운동도 잘해야 해서 다른 학과보다 배워야 하는 게 많기 때문이다.

"그런 녀석들은 가혹 행위를 계속하려고 하겠지요."

"아시면서 그러세요?"

"그런데 그 숫자가 얼마나 되나요?"

"네?"

"그런 사람들 숫자 말입니다. 많아야 스무 명 정도 아닙니까?"

"어디 보자……."

그녀는 잠깐 고민하더니 고개를 끄덕거렸다.

대략 그 정도가 적극적으로 나서서 자신들에게 똥 군기를 잡는 사람들이었다.

"그런 녀석들은 애초에 경찰이 되려고 오는 게 아니니까요."

"이해가 갑니다."

일반적으로 사람들이 자신이 공부하고 싶은 학과로 가는 것이 정상적이지만 대한민국에서는 그렇지 않다.

학과의 타이틀이 아닌, 대학이라는 타이틀이 중요해서 성적에 맞춰서 가는 사람들이 많기 때문이다.

물론 경찰학과처럼 직업을 노리는 학과는 상대적으로 덜하기는 하지만 성적에 맞춰 갈 거, 부모들이 취업을 노리고 그쪽으로 밀어 넣는 경우도 많았다.

"그 선배들은 애초에 공부하는 사람들도 아니고요."

자신이 원해서 온 것도 아니고, 그렇다고 공부를 해서 경찰이 될 자신도 없다.

그래서 그냥 시간만 때우려고 하다 보니 그들에게 있어서 소위 똥 군기를 잡는 행위는 가장 재미있는 놀이밖에 되지 않았다.

"그런 부류는 보복을 할지도 모른다 이거지요?"

"네."

"그럴 일 없습니다."

"네?"

"집단의 이름으로 설치는 사람들의 특징이 뭔지 압니까?"

"글쎄요."

송윤영은 고개를 갸웃했다.

아직은 그런 것까지 알아챌 정도로 경험이 많은 나이가 아니니까.

"그건 스스로에게 자신이 없다는 겁니다."

"스스로에게 자신이 없다?"

"네."

자신에게 자신이 있고 자신의 능력에 확신이 있다면 집단을 등에 두고 설칠 이유가 없다.

그러나 그들은 집단, 그러니까 선배라는 이름을 이용해서 마구 설치고 있다.

"그건 자기 자신에게 자신이 없다는 뜻입니다."

"그게 무슨 말씀이신지 이해가 안 가요."

"쉽게 말해서, 조직이 와해된다면 그들은 찍소리도 못 한다는 뜻이지요."

그들이 지금까지 그럴 수 있었던 것은 그들의 행동을 암묵적으로 동조하는 선배라는 조직이 있었기 때문이다.

"하지만 그 조직은 이제 무너질 겁니다. 그러면 그들이 계속 그 짓거리를 하려면 개인이 나서는 수밖에 없지요."

그리고 그런 녀석들은 총대를 메는 것을 싫어한다. 아니, 두려워한다.

"무슨 뜻인지?"

"걱정하지 마세요. 모든 건 저한테 맡기시면 됩니다. 여러

분은 그저 같이하실 분들을 모으기만 하면 됩니다."

다들 서로를 바라보았다. 그리고 송윤영은 가장 먼저 입을
열었다.

"확실하게 해결해 주실 수 있나요?"

"네."

"그렇다면 제가 가장 먼저 나서겠습니다. 어차피 이도 저
도 안 되는 상황이니까요."

"그런가요?"

"저도 좀 다급한 상황이거든요."

사실 그녀의 집은 그다지 잘사는 집안은 아니다.

정확하게는 보통 수준도 되지 않는다. 그래서 장학금을 받
지 못하면 학교를 다니기 힘들다.

그런데 지난 학기에 선배라는 작자가 장학금을 포기하라
고 압력을 행사했다.

자신이 받아야 한다는 말도 안 되는 개소리였기 때문에 그
녀는 무시했는데, 그 이후에 선배라는 작자들의 집단 따돌림
이 시작되었다.

'이 상태로는 아무것도 못 된다.'

자신은 경찰이 되어야 한다. 그래야 가족의 생계가 보장된다.

그래서 이를 악물고 다니고 있는데 정작 똥 군기 때문에
공부를 할 수가 없었다.

"깡그리 밀어 주신다면 제가 나서지요."

"일단 두 명이군요."

서세영과 송윤영, 그렇게 두 명이 나서자 한 명씩 앞으로 나서기 시작했다.

"나도 하겠어."

"나도."

"씨발, 내가 처맞으려고 대학에 왔나."

각자 대학이라는 곳에 대한 꿈이 있지만 그 꿈 어디에도 똥 군기를 잡는 것은 없었다. 어차피 이판사판이라는 생각이 들기 시작하자 다들 나서기 시작한 것이다.

"차라리 잘된 거야. 한번 싸악 뒤집어 버리는 수밖에 없어."

"맞아. 안 그래도 더 심해졌잖아."

서세영이 그만두겠다고 하고 난 후에 그들의 가혹 행위는 더 심해졌다. 연대책임을 묻는다는 핑계하에.

웃긴 건, 그만두는 건 그들이 아닌 서세영이라는 점이다. 그런데 왜 그 책임을 그들이 져야 한단 말인가?

'결국은 자기 통제를 따르라는 압력이겠지.'

진짜로 책임이 있는 게 아니다.

애초에 학교를 그만두는 것은 개인의 선택이지, 책임을 물을 만한 것도 아니고 말이다.

"좋습니다."

1학년 대다수가 나서자 노형진은 고개를 끄덕거렸다.

"자, 그러면 이제 청소를 시작해 볼까요?"

이것이 법이다

이뭐병

"대가리 박아, 이 새끼들아!"

언제나처럼 학교에서는 가혹 행위가 벌어지고 있었다.

"애들 관리 제대로 안 하지?"

각목을 든 선배들은 주변을 돌아다니면서 윽박을 지르고 있었고, 1학년들은 찍소리도 못 하고 엎드려 있었다.

"요즘 우리들이 너무 풀어 줬어."

"오냐오냐했더니 기어올라?"

"하지만……."

"하지만? 씨발, 선배가 부르면 째깍째깍 대답해야 할 거 아니야!"

오늘의 집합 이유는 간단했다. 선배가 불렀는데 대답이 늦었다는 것이다.

상식적으로 새벽 3시에 술에 취해서 톡을 보냈으면 대답이 늦을 수밖에 없다. 오히려 그에 대답한 것 자체가 기적이다.

그런데 그걸 가지고 꼬투리를 잡고 이러는 것이다.

"아직도 정신이 썩었어!"

"정신 봉으로 딱 다섯 대씩 맞자."

다시 각목을 들면서 웃는 선배라는 작자들.

결국 송윤영이 참지 못하고 자리에서 벌떡 일어났다.

"난 이 짓거리 그만두겠어요."

"얼씨구?"

"당신들이 뭔데 감 놔라 배 놔라야!"

"이년이 미쳤나?"

한 남자가 그녀에게 다가갔다.

하지만 그녀는 악에 받쳐서, 물러날 생각이 없었다.

"당신들이 뭐라고 하든 난 이곳에서 나가겠어!"

당당하게 말하게 그냥 문으로 다가가는 그녀.

그때 뒤에 있던 남자가 그녀의 머리채를 붙잡고 확 잡아당겼다.

"꺄악!"

갑작스러운 그런 행동에 비명을 지르고 바닥을 나뒹구는 송윤영.

"너, 지난번에 그 미친년이 나갔다고 지금 우리가 우습게 보이지? 미쳤구나? 이 새끼들아, 그래, 오늘 죽어 봐. 연대 책임으로 오늘 뒈질 때까지 맞는다. 알았냐?"

길길이 날뛰는 선배들.

그러자 몇몇이 자리에서 벌떡 일어났다.

"그만두세요."

"뭐?"

"그만두시라고요."

"이 새끼들이 모조리 미쳤나?"

길길이 날뛰는 선배들.

후배들이 이렇게 들고일어난 적이 없었기 때문에 당황하는 듯했다.

"저도 이 짓거리에 신물이 납니다. 우리도 가겠어요."

너도나도 나가려고 하자 선배란 작자들은 서로 눈짓을 주고받았다.

그리고 몇몇이 입구로 가더니 입구를 틀어막았다, 손에 든 각목을 꽉 잡으며.

"이 새끼들이 오냐오냐하니까 선배들이 만만해 보이지? 오늘 끝을 보자, 이 새끼들아. 선배들이 얼마나 무서운지 알려 주마."

이를 빠드득 가는 선배들.

그리고 노형진은 그 모습을 창문으로 보고 있었다.

"저런 게 선배랍시고 있었다니, 세영이 네가 참 고생이 많았다.”

함께 있는 손채림은 서세영을 보면서 불쌍하다는 듯 말했고 서세영은 한숨을 푹 쉬었다.

“저렇게 바보일 거라고는 생각도 못 했어요. 도대체 무슨 생각으로 저러는 건지.”

“개인은 똑똑해도 집단은 멍청하다고 하는 게 저럴 때 쓰는 말이다.”

“오빠 말이 맞네.”

저들은 과거에 노형진이 창문으로 내려다봤다는 사실도 망각하고 창문을 그대로 두고 있었다. 심지어 장소도 바꾸지 않고 그 자리에서 다시 가혹 행위를 했다.

그러니 그들을 추적하는 것은 어려운 것이 아니다.

“그런데 그냥 신고하면 안 되는 거야?”

“신고하면 증언만으로 고발해야 해. 물론 그래도 되기는 하지만 우리 목적은 저 선배라는 작자들을 와해시키는 거잖아.”

“그렇지.”

“그러니까 미끼가 좀 필요하거든.”

“미끼라. 그렇다고 해서 두들겨 맞게 그냥 둘 수는 없잖아. 더군다나 지금 분위기 상당히 안 좋은데.”

“그럴 수밖에 없지. 저런 녀석들이 생각하는 건 뻔하거든.”

아래에서 들고일어나면 다시는 똥 군기를 잡지 못한다는 것을 안다.

이런 기 싸움은 한번 밀리면 그만이다. 그러니 어떻게 해서든 기 싸움에서 이기려고 하는 것이다.

"더군다나 수적으로 자신들이 더 많다고 생각하니까."

1학년보다는 2학년과 3학년이 더 많은 게 사실이다. 그러니 수적으로 싸운다면 확실히 선배들이 유리할 수밖에 없다.

그러나 그건 어디까지나 패싸움을 기준으로 하는 것.

"저런 놈들이 경찰을 하겠다니. 저러니 짭새 소리를 듣지."

"머리는 엿 바꿔 먹었나?"

노형진은 손채림과 함께 피식거리다가 전화기를 들었다.

"접니다. 어디쯤 오셨어요? 아, 도착해서 기다리고 계시다고요? 그러면 체육관 쪽으로 오시면 됩니다."

노형진은 그렇게 말하고 현장에서 벗어났다. 그리고 좀 떨어진 곳에서 그곳을 바라보았다.

그렇게 한 5분쯤 지나자 경찰들이 오는 것이 보였다.

"웅? 아니, 왜 경찰을 불러?"

손채림은 그걸 보면서 고개를 갸웃했다.

자신이 알기로는 노형진은 김성식에게서 검사를 소개받았다.

사실 이런 상황에서 검사를 부르면 모든 게 간단하게 끝난다. 그러니 검사를 부를 거라 생각했는데?

"그러면 너무 쉽지."

"웅?"

"전에 한 말, 기억나? 이런 일은 위에서 묵인하거나 조장

하지 않으면 안 일어난다는 말."

"그런가?"

"그래. 대학교수라고 해서 다 유식할 거라는 생각 버려. 동네 바보보다 못한 지능 가진 대학교수도 많아."

"설마요."

"공부하는 머리가 아니라 현실에 대한 개념 말이야. 선과 악이 뭔지도 모르는 병신들이 많아."

동네 바보도 나쁜 짓은 하지 않는다. 아니, 하지 못하게 하면 안 한다.

그러나 대학교수들이나 소위 배웠다는 지식층은 아니다.

자기가 잘났으니까 남의 말 따위는 무시해도 된다고 생각하는 놈들이 많다.

"그러니 이번에 싹 털어 내야지."

"그런데 경찰을 왜 불러?"

"그래야 기회가 오거든."

아니나 다를까, 경찰이 오더니 곤란하다는 듯 어디론가 전화했다.

그리고 잠시 후 몇몇 남자들이 그쪽으로 다가왔다.

"어? 교수님들 아니야?"

서세영은 그들을 알아보고는 깜짝 놀랐다.

도대체 왜 여기에 교수님이 나타난단 말인가?

"당연한 거 아냐?"

"응?"

"전에 그랬잖아, 몇몇 사람이 몇 번이나 신고했다고. 그런데 교수님들이 수습했다고."

"그랬지."

"그러면 동일한 사건으로 출동하게 되었을 때, 경찰이 과연 어떻게 할까?"

"아!"

신고가 들어가면 일단 경찰은 출동해야 한다. 그리고 일지를 작성해야 한다.

그런데 여기는 한두 번 출동하는 게 아니라는 것.

즉, 누군가에게 주의라도 줘야 한다는 것이다.

"어디 보자, 대략 3번 마이크 정도 되겠네."

노형진은 히죽 웃으면서 버튼을 눌렀다.

이럴 줄 알고 주변에 마이크를 심어 놨다. 출동한 사람이 경찰이니 교수의 사무실로 들어갈 것 같지는 않았으니까.

―박 교수님, 한두 번도 아니고 계속 이러면 곤란하지요.

―허허, 미안하오이다.

―보아하니 지나가던 학생이 신고한 것 같은데 이렇게 자꾸 출동하게 만드시면 저희도 곤란합니다.

마이크 너머로 들리는 그들의 목소리.

노형진은 그걸 들으면서 히죽 웃었다. 그러나 그들은 그런 것도 모르고 서로 대화하고 있었다.

　－요즘 애들이 근성이 없어서 교육을 좀 시키라고 했는데 그게 격해진 것 같군요. 내 가서 한 소리 하리다.
　－압니다. 그러니까 저희가 모른 척해 드리기는 하는데요. 적당히 좀 하세요. 이러다 일 터지면 저희는 모릅니다.
　－최 경장, 미안하오이다. 내 가서 적당히 하라고 하리다.
　－그럼 저희는 이만 가 보겠습니다. 다시 한 번 말씀드리는데, 대학에 자꾸 경찰 출동하는 거 좋은 거 아닙니다.
　－걱정하지 마시오.

　경찰들은 툴툴거리면서 그곳을 떠났고, 서세영은 그걸 보고 입을 쩍 벌렸다.
　"저게 끝이야? 끝? 지금 상황을 보기는 한 거야?"
　당장 고개를 숙여서 아래쪽만 보면 선배라는 작자들이 각목을 들고 1학년들을 위협하는 걸 볼 수 있다.
　그런데 그걸 확인도 안 하고 그냥 돌아가다니?
　"한두 번이 아니고 익숙한 상황이라는 거지."
　"익숙하다고?"
　"그래. 올해는 1학년이 당하는 거지만, 작년 1학년은 누구였겠어?"

"아!"

지금 주도적으로 가혹 행위를 하는 2학년들이 작년의 1학년이었을 것이다.

"군대의 내리 갈굼이라는 악습이지. 별 쓰레기 같은 걸 다 배운다니까."

작년에 그렇게 당했으니 억울해서라도 전통이라는 이름하에 가혹 행위를 계속하는 것이다.

"인간은 타성에 젖으면 그대로 흘러가거든."

매년 새 학기가 돌아올 때마다 이런 일이 반복되었을 것이다.

경찰학과에 지원한 사람들은 경찰이 되고 싶은 사람들인 만큼 그중에 정의감이 넘치는 사람이 없지는 않을 테니까.

"하지만 정작 경찰은 그냥 넘어가지. 어쩌면 선배일 수도 있고."

어쩌면 저렇게 해서 훌륭한 경찰이 된다는 개소리를 할 수도 있다.

어찌 되었건 저들은 이 사건을 해결할 의지가 없다.

"오케이."

그들이 물러나고 나자 교수들은 아래로 내려갔다. 그리고 그 안에서 고함이 터져 나왔다.

"어떤 새끼들이 학교 시끄럽게 해!"

"교수님."

"이 새끼들아, 애들 제대로 통제하라고 했어, 안 했어?"

"죄송합니다, 교수님."

고개를 숙여서 사과하는 선배들.

그러나 정작 1학년들은 당황했다.

이런 상황을 말려야 하는 교수가 일방적으로 그들의 편을 들었기 때문이다.

"요즘 애들 근성이 없어요. 난 너희들만 할 때 사흘 밤낮을 맞아도 찍소리 안 하고 공부했어."

과거 이야기를 하면서 저학년들에게 뭐라고 하는 교수들.

물론 대부분의 교수들은 그 뒤에서 아무런 말도 하지 않고 1학년들에게 심기 불편한 시선을 보낼 뿐이었다.

"학교 시끄럽게 하지 마라, 알았냐?"

그렇게 한마디 하고 나서 그곳을 떠나는 교수들.

그리고 말 그대로 꿀 먹은 벙어리처럼 입을 다물게 되는 1학년.

선배도 아니고 교수들을 대상으로 싸움을 하게 될 거라는 것은 예상하지 못했던 것이다.

"이 새끼들아, 다시 들어가서 대가리 안 박아?"

히죽거리면서 웃는 선배들.

서세영은 그걸 보고 이를 악물었다.

"저게 정상이에요?"

"정상이야."

"아니, 왜요!"

"경찰이잖아."

"네?"

"저기 있는 경찰대 교수들 중 상당수는 경찰이야."

"그런데요?"

"상명하복이 군대만의 문화라고 생각해?"

"허?"

"악습으로 보면 군대와 비슷한 곳이 경찰이야. 어떤 면에서는 더 심하지."

군대만큼이나 철저한 상명하복이 지배하는 경찰 조직에서 경찰 출신인 경찰대 교수들은 상명하복을 따르지 않는 애들이 귀찮아질 수밖에 없다.

상명하복은 윗사람이 아랫사람을 부리는 데에 아주 좋은 방법이다. 자신이 한마디만 하면 아래서 알아서 통제하니까.

게다가 그 과정에서 벌어지는 불법이나 가혹 행위는 자신의 책임이 아니다.

"그러니 저런 사람들은 아무래도 똥 군기를 좋아할 수밖에 없지."

"끄응."

"그리고 저런 사람들의 공통점은 무능이야."

"무능?"

"그래."

자신이 능력으로 자신이 없으니까 똥 군기로 찍어 누르는 것이다.

"그래서 프렌들리 파이어가 일어나는 건데 그걸 몰라요."

프렌들리 파이어란 번역하자면 아군 사살이다.

베트남전쟁 당시 무능한 장교들이 병사들을 죽음으로 몰아넣는 일이 많았다.

총을 든 적보다 무능한 아군이 무섭다는 말처럼, 죽어 가는 병사들을 똥 군기로 통제하면서 자신은 안전한 벙커에서 나오지도 않는 장교들이 많았는데, 그 때문에 병사들은 그가 화장실이나 샤워실에 갔을 때 수류탄을 까 넣고 박격포 공격으로 사망했다고 하든가 아니면 교전 중에 모른 척 뒤통수에 총알을 박아 넣었다.

심지어는 이도 저도 안 되면 부하들이 장교에게 현상금을 걸어 버리는 일까지 있었다.

"그래서 군대는 그런 것에 대해서 개혁 의지라도 있거든. 재수 없으면 뒤통수에 총알이 박히니까."

막말로 전쟁하다 보면 적의 총이 굴러다니는데 그걸 주워서 쏴 버리면 누가 죽였는지 알 수가 없다.

하루에도 수백 명씩 죽어 나가는 게 전쟁인데, 그걸 누가 쐈는지 일일이 확인할 수는 없지 않은가?

"그런데 경찰은 그렇지 않아. 전쟁이 날 리도 없고, 당연히 뒤통수에 총알이 박힐 리도 없지."

"그래서……."

"그래."

경찰이라는 조직이 생기고 단 한 번도 경찰은 똥 군기를 바로잡은 적이 없다는 뜻이다.

"하물며 그걸 배운 교수들이 뭐라고 하겠어?"

"끄응……."

자연스럽게 똥 군기를 요구할 것이다.

그리고 선배라는 작자들은 자신이 편하고자 그걸 가혹 행위로 연결하는 거고, 그중 가학성애자가 있으면 미쳐 날뛰기 시작하는 것이다.

"그리고 그건 전통으로 포장되는 거지."

끝없는 악순환.

"이제 그걸 날려 버려야지."

노형진은 녹화된 영상을 보면서 미소를 지었다.

⚖

"이게 무슨……."

업무상 배임에 대해서 고발이 들어가자 경찰들은 당황했다.

"그래서 얼마 받았어?"

"받은 거 없어요!"

"받지도 않았는데 출동하고 사건은 은폐하고 조서까지 구라를 쳐? 이야, 미쳤네, 미쳤어."

동성욱은 실실 웃으면서 경찰들을 바라보았다.

그의 눈에서는 빛이 뿜어져 나오고 있었다.

'으흐흐, 잘 걸렸다.'

검찰에는 한 가지 말이 퍼져 있었다.

노형진을 적으로 만나면 인생이 고달파지지만, 아군으로 만나면 승진은 따 놓은 당상이라는 말.

그런데 얼마 전, 선배인 김성식에게서 전화가 왔다. 노형진 변호사를 좀 도와줄 수 있느냐고.

아군이면 승진 확정이라는 말이 있으니 당연히 쌍수를 들고 환영했는데, 노형진에게서 받은 사건은 그를 진짜로 승진시켜 줄 수 있는 건수였다.

안 그래도 경찰과 검찰은 기소권 때문에 싸우는 판국이다. 그런데 경찰의 문제점을 적극적으로 지적해 줄 수 있다면 그는 승진할 수 있다.

그렇기 때문에 그는 경찰에게 아주 공격적으로 나가고 있었다.

"보아하니 한두 푼 받은 게 아닌 것 같은데."

"무슨 말씀이세요! 안 받았다니까요!"

"그런데 왜 그런 거야? 말이 안 되잖아?"

"그거야……."

경찰들은 대구하지 못하고 입을 다물었다.

'다 알지, 그럼.'

대한민국 경찰은 내부적 문제에 관해서는 연관되지 않으려고 하는 성향이 무척이나 강하다.

그 버릇 때문에, 심지어 눈앞에서 범죄가 벌어지고 있어도 모른 척하는 경우가 적지 않다.

대표적인 예가 가정 폭력이 벌어지고 있는 가정 같은 곳이다.

법적으로 폭행 현행범으로 잡아야 하지만 그저 서로 화해하라는 식으로 발을 빼 버리는 경우가 대부분.

'학교도 마찬가지지.'

아무래도 학교라는 공간은 사학이라는 집단의 땅이다. 그리고 그런 곳을 잘못 건드리면 자신들이 귀찮으니까 그냥 좋게 좋게 말로 해결하려는 것이다.

'하지만 말이야, 난 아니거든.'

사학에 경찰이 괴롭든 아니든 범죄는 범죄고 승진거리는 승진거리다.

그러니 그들이 편하자고 모른 척한 것은 검사에게는 좋은 기회였다.

"출동 기록을 보아하니 한두 번 출동한 게 아니더만."

"그, 그게……."

기록만 봐서는 족히 스무 번 이상 출동했다.

그러나 언제나 사건은 단순 분쟁으로, 처리 결과는 화해로 적혀 있었다.

"당신들 눈깔에는 이게 단순 분쟁으로 보여?"

동성욱은 노형진이 찍은 동영상을 그들에게 내밀었다.

"감금, 집단 폭행, 폭력행위등처벌에관한법률 위반에 특정범죄가중처벌법 위반까지. 이걸 왜 그냥 뒀어?"

"그, 그냥…… 경찰을 지망하는 사람들인데 그걸 기소하면……."

당연히 경찰이 되고 싶어도 될 수가 없다.

전과가 있는, 그것도 폭력 전과가 있는 사람을 경찰이 뽑을 리 없으니까.

"그래서 자기 인생을 걸고 구제해 줬다? 아이고, 갸륵해라."

동성욱의 눈에는 비웃음이 가득했다.

가해자가 경찰이 된 것도 아니고, 경찰이 되고 싶어 한다는 이유로 구제해 주다니.

'병신도 아니고.'

팔이 안으로 굽는 것은 알지만 그것도 상대방이 경찰일 때의 이야기지, 경찰 간부 후보도 아니고 경찰학과 학생이라고 봐주다니.

물론 학생이 불쌍해서 미래를 봐서 모른 척해 줄 수는 있다.

문제는 한국에서 그건 고질적인 문제라는 것이다.

학생이라는 이유로 선처를 남발하다 보니 이제는 그걸 무기 삼아서 휘두른다는 것.

"생각해 보세요, 저희가 고발하면 그 애들의 미래는 어떻게 되겠습니까? 경찰을 꿈꾸고 있는 아이들의 미래가 망가지는 겁니다!"

"그래? 그러면 거기서 맞는 아이들은? 그리고 그 새끼들 때문에 쫓겨나는 아이들은? 그 아이들의 미래는 누가 책임지는데? 당신이 책임져?"

"그게……."

어떻게 해서든 인정에 호소해 보려고 하던 경찰은 아차 싶었다.

"그리고 그 결과 썩은 놈은 경찰이 되고 바른 사람은 쫓겨나는 거네? 도대체 얼마나 처먹었으면 그딴 놈들을 후임으로 받아들이고 싶은 거야?"

"무슨 말을 그렇게 하시는 겁니까!"

"무슨 말을 그렇게 하긴? 그렇잖아, 거기서 두들겨 맞는 애들은 경찰 지망생 아니야? 거기서 고발한 사람들은 바른 사람들 아니냐고! 네가 뭔데 그걸 판단해? 그러니까 경찰에 기소권 못 주는 거야. 이 새끼들, 자기편이라고 피해자를 가해자로 바꿔서 기소할 놈들일세."

"무슨 말을 그렇게 해요?"

"아니야? 진짜로 아니라고 생각해? 내가 아는 사례 몇 개만 이야기해 줄까?"

"……."

경찰은 입을 다물었다.

틀린 말이 아니다. 실제로 그런 사건들이 적지 않다.

경찰의 수가 많다 보니 그 안에 부패한 경찰도 적지 않고, 그들이 한 짓거리 때문에 자신들이 욕먹는다. 그리고…….

'싯팔…….'

그는 고개를 숙였다.

자신이 돈을 안 받았을 뿐이지 결국 한 짓거리는 똑같다는 사실을 드디어 깨달은 것이다.

"당신이 출동한 당시의 신고자들 다 전화해서 확인 중이니까 기대해도 될 거야. 그리고 당신 계좌랑 당신 가족들 계좌까지 싹 털어 줄 테니 기대하라고. 당신은 그 애들 인생이 불쌍해서 모른 척해 준 모양이지만, 당신 가족이랑 당신 자식들 인생은 누가 불쌍하게 봐주려나? 당신이 봐준 그 녀석들이 감사의 눈물이라도 흘리면서 책임이라도 지려나 모르겠네?"

동성욱이 이죽거리면서 빈정거리자 경찰은 자신의 커리어가 끝났다는 사실에 절망할 수밖에 없었다.

그렇게 어쭙잖은 선택이 그의 인생을 나락으로 몰아가고 있었다.

그리고 같은 시각, 다른 곳에서는 또 다른 싸움이 진행되고 있었다.

⚖️

"이 씨발 새끼들아! 미쳤냐? 미쳤어? 막나가지? 너희들

죽고 싶어?"

폭력으로 살아온 사람은 만일 문제가 생겼을 때 어떻게 해결할까?

당연히 폭력이다.

그들은 폭력이면 뭐든 해결할 수 있다는 자신이 있으니까.

변호사들이 무슨 문제만 생기면 법을 찾는 것처럼, 버릇은 어쩔 수 없는 것이다.

"이 새끼들이 정말 미쳤구나."

고발당하자 당황한 선배들은 당장 후배들을 집합시켰다.

물론 고발한 이상 그들의 말대로 막나가는 상황이기 때문에 집합하지 않아도 된다.

그러나 1학년들은 노형진의 조언대로 그들이 부르는 곳으로 향했다.

당연히 각목을 들고 있는 그들은 살벌한 분위기를 잡고 있었다.

"너희들, 선배를 그따위로 고발을 해?"

"여기는 경찰학과 아닌가요? 경찰학과에서 법대로 한다는데 무슨 문제라도 있어요?"

서세영이 선두에 서서 그들에게 항의했다.

"넌 그만둔다면서 왜 사고를 쳐!"

"제가 사고 친 게 아니라 잘못된 걸 고치는 거예요. 엄밀하게 말하면 사고를 친 건 선배들이지요. 그리고 아직 그만

둔 건 아니니까 권한이 있지요."

"이 미친년이!"

"왜요? 맨날 연대책임 연대책임 하면서 문제를 같이 해결하는 건 안 되나 봐요?"

서세영은 독하게 몰아붙였다.

'그래, 차라리 잘된 거야.'

이딴 곳에 있어 봐야 쓰레기들 때문에 자신이 원하는 길을 가지 못할 뿐이다.

자신과 다르게 남아 있기로 한 다른 동기들이 선배를 공격하게 두면 아무래도 거부감이 들 수밖에 없다.

그래서 그녀가 나서서 이 모든 것을 해결하기로 했다.

'안 그래도 마음에 안 들었는데 잘되었어.'

그녀는 이런 걸 그냥 두고 보는 성격이 아니다. 하지만 자신을 지원해 주는 노형진의 가족들 때문에 그저 참으려고만 했다.

하지만 그들이 참지 말라고 한다면 참을 이유가 없다.

"너희들, 선배한테……!"

"학교에서는 선배지만 세상에서는 선배가 아닐 텐데요?"

"뭐?"

"그렇지 않아요? 전과가 있는 사람을 누가 경찰로 뽑아 주겠어요?"

몇몇이 아차 하는 표정이 되었다.

그냥 권력에 취해서 길길이 날뛰기만 했지, 그 부분은 생각하지 못했던 것이다.

 "선배도 사회에 나가서 밀어주고 끌어 줘야 선배지, 전과 달고 나가서 동기라고 엉겨 붙기만 할 거라면 무슨 선배야. 짐짝이지."

 아주 대놓고 반말하는 서세영.

 "너…… 이 미친년이!"

 "내가 틀린 말 한 거 아니잖아? 경찰학과 나와서 경찰도 못 될 건데 무슨 선배 취급을 바라?"

 단순히 선배 취급 문제가 아니다.

 전과를 가지고 있으면 멀쩡한 기업에 취업하는 것은 하늘의 별 따기다.

 보통 경찰학과를 나오면 경찰이 못 되더라도 로펌이나 법률 쪽 업계로 진출하는 경우가 많다. 법적인 지식이 어느 정도 있기 때문이다.

 그런데 그런 곳은 기본적으로 상대방을 고용할 때 전과에 대해 조사한다.

 그래서 간단한 딱지나 고성방가 같은 거라면 모르겠지만 폭력 전과를 가지고 있으면 절대 취업 못 한다.

 그러면 그들이 갈 수 있는 곳은 그저 그런 작은 기업들뿐.

 "어…… 나 갑자기 일이 생각났어."

 "나도 할머니 제사가 있어서……."

몇몇이 황급하게 그곳을 빠져나갔다.

그들은 경찰이 되고 싶어 하는 사람들로, 직감적으로 지금 상황이 자신의 미래에 좋은 게 아니라는 것을 알아차린 것이다.

'역시 오빠 말대로네.'

경찰 자리를 진심으로 노리는 사람은 알아서 나가떨어질 거라는 노형진의 말이 딱 맞아떨어지는 상황.

그러나 여전히 십여 명의 사람들이 남아 있었다.

그들의 공통점은 학점이 낮다는 것.

'저들은 경찰이 될 생각이 없는 사람들이다 이거지.'

그들은 경찰이 될 생각이 없이 그냥 권력에 취한 녀석들이다. 그러니 물러나지 않을 거라고 했다.

"후배들이 요즘 미쳤구나. 와, 씨발. 말로는 안 되겠네."

뒤쪽에 있다가 앞으로 나서는 남자.

그리고 그걸 본 1학년들은 절로 움츠러들었다.

커다란 덩치, 꽉 짜인 근육. 아무리 봐도 운동 좀 한 것으로 보이는 사람이었다.

실제로 무술 합이 7단이 넘는 선배였고 해병대까지 나와서 이런 똥 군기를 잡는 데 가장 먼저 나서는 사람이었다.

문제는 머리까지 근육인지라 생각이 없고 경찰이 될 가능성은 더더욱 낮다는 것.

"이 새끼들을 어떻게 손봐 줘야 잘 봐 줬다고 소문이 나나."

목을 우드득거리도록 풀면서 나서는 그의 손에는 야구방

망이 하나가 들려 있었다.

"그래, 경찰 좋지. 그런데 난 애초에 경찰 될 생각도 없어. 그딴 짭새 따위, 되어 봐야 귀찮기만 하거든. 그리고 선배를 무시하는 너희 같은 새끼들을 그냥 둘 생각도 없고."

"선배 같은 소리 하고 자빠졌네."

"선배는 하늘이야, 이 새끼들아. 세상 물정 모르고 그냥 깝치는 꼴 보니까 아직 철이 안 들었나 본데, 내가 오늘 아주 뼈에 새겨 줄게. 고발할 거면 고발해, 이 새끼들아."

그는 경찰이 된다는 것에 미련이 없다는 듯 앞으로 나섰고, 1학년들은 이런 상황에 어쩔 줄 몰라 안절부절못했다.

"오늘 내가 선배는 하늘이라는 걸 확실하게 대가리에 박아 준다. 야! 바깥에 감시하는 놈 없지?"

두 번이나 당했으니 그들도 혹시나 바깥에서 몰래 찍고 있는 거 아닌지 의심했고, 확인한 그의 친구들은 히죽거리면서 각목을 들고 돌아왔다.

"없어. 카메라도 없고."

"오냐, 이참에 선배의 무서움을 보여 주마."

서세영은 피식 웃었다.

그리고 그 웃음을 본 선배라는 작자들은 어이가 없었다.

"그래서 선배의 말은 하늘이다 이건가?"

"그래."

"웃기네. 그러는 너희들은 선배 말을 얼마나 들어 처먹었는데?"

"뭐라고?"

"우리 오라버니가 그러더라, 법에서 중요한 건 증거와 증인과 형평성이라고."

"뭔 개소리야? 그 기생오라비처럼 생긴 너희 오빠가 여기서 너희를 지켜 줄 것 같아?"

노형진을 욕하며 히죽거리는 그를 보면서 서세영은 고개를 흔들었다.

"그건 아니고, 너희가 얼마나 말 안 듣는지 증언해 줄 사람이 있거든."

"그게 뭔 개 같은 소리야?"

그게 무슨 뜻인가 하는 얼굴로 서로를 바라보는 선배들.

그 순간 문이 열리면서 일단의 사람들이 들어왔다.

"뭐야, 저 새끼들은?"

"뭐, 깡패라도 불렀냐? 야, 법 법 따지더니 자기가 불리하니까 깡패 부르는 거 봐라."

"그런데 부른 게 고작 네 명이야?"

더군다나 깡패치고는 대부분 그다지 싸울 수 있는 사람으로 보이지 않았다.

단 한 명만 빼고 말이다.

"무슨 소리야? 선배님한테 인사해야지."

"선배?"

"그래. 선배다, 이 새끼야."

눈을 찌푸리면서 화를 내는 남자.

그는 선두에 서 있는, 그래도 좀 싸울 줄 알 것 같은 사람이었다.

"구만수, 05학번이다. 그리고 네가 그렇게 싫어하는 짭새고, 이 시팔 놈아."

"헐?"

갑작스러운 그들의 등장에 선배란 작자들은 어리둥절했다.

"선배가 왔는데 고개 빳빳하게 쳐드는 거 보소?"

"05학번?"

05학번이면 고학번이다.

아니, 이들 기준으로 따지면 구석기인이나 마찬가지다.

"어, 진짜네?"

그중 한 명이 그 안에 있는 사람을 알아봤다.

그는 사회에서 사업을 하는 선배였다. 고학번이기는 하지만 졸업이 늦었던 터라 4학년쯤 되면 아는 사람이었다.

"우리가 모르는 사이에 아주 좋은 전통이 생겼더라?"

"그게……."

"아가리 닥쳐라. 선배는 하늘이라며? 그런데 어디다 대꾸를 해?"

구만수가 윽박지르자 다들 찍소리도 하지 못했다.

그때 그들 뒤에서는 노형진이 등장하면서 미소를 지었다.

"이야, 전통이라는 게 그렇게 쉽게 생기는 거였군요."

"너, 넌……!"

"넌? 이 새끼 봐라? 어른한테 '너'가 뭐냐, '너'가? 애새끼들이 정신을 못 차렸네."

구만수는 선두에 서 있는 남자에게 다가갔다.

해병대를 나왔다고 뻐기면서 가혹 행위를 주도하던 자였다.

"너, 해병대 몇 기야?"

"그걸 왜……?"

"나도 해병대야. 몇 기야? 네가 나보다 빠르냐? 안 빠르잖아? 그러면 알아서 기어야 할 거 아냐. 선배 보면 크게 경례한다 몰라?"

"으윽."

해병대는 각 기수 간 직급이 확실하게 구분된다.

그리고 학번이 구석기급으로 빠른 선배가 자신보다 기수가 늦을 가능성은 제로였다.

"와, 씨발. 요즘 해병대 분위기 좆같네. 선배가 물어보는데 대답도 안 해?"

"싯팔…….""

"싯팔? 싯팔? 지금 나한테 싯팔이라고 했냐? 이 새끼가 선배한테! 미쳤네. 요즘 우리 학교는 해병전우회에서 제대로 교육도 안 하나 보네. 씨팔 놈들, 내가 다 집합시키고 만다."

자신의 실수를 그제야 알아챈 그는 얼굴이 사색이 되었다.

자신의 가장 큰 자부심인 해병전우회에서 이 사실을 알면 자신은 말이 해병대지, 사람 취급도 못 받는다.

"야! 2학년 이상만 남고 다 나가!"

구만수는 멀뚱하게 서 있는 1학년들을 보면서 말했다.

"네?"

"다 나가라고! 선배들이 한 따까리 좀 해야겠다. 선배는 하늘이라면서?"

2학년 이상의 선배들의 표정이 묘하게 변했다. 자신들의 상황이 이해가 가기 시작한 것이다.

"어떻게 하시겠어요? 뭘 하시든 결론은 같습니다만?"

노형진은 깐죽거리면서 말했다.

만일 고학번들의 말에 따른다? 그러면 고학번들이 똥 군기를 못 잡게 할 것이다.

그러면 자기들의 좋은 날은 끝이다. 자신들이 주장하던 대로 선배의 말에 저항할 수는 없으니까.

그렇다고 저항한다?

그러면 '선배는 하늘이다.'라는 대전제가 깨진다. 자기들이 선배 말을 안 듣는데 1학년이 왜 선배 말을 들으려고 하겠는가?

"전통이라. 전통 좋지, 씨발. 그런데 나 때는 없었는데 말이야."

"나도 마찬가지야."

05학번이 졸업할 때를 감안하면 이 잘난 전통이라는 것도 4년도 채 되지 않았다는 뜻이다.

'전통 같은 소리 하고 자빠졌네.'

노형진은 어쩔 줄 몰라 하는 선배란 작자들을 보면서 비웃음을 날렸다.

"하여간 좋은 거 생겼으니 우리도 누려야지."

히죽거리는 구만수.

그는 노형진에게 부탁받고는 어이가 없어서 말이 안 나왔다. 법을 지켜야 하는 놈들이 법을 깨고 있다니.

"선배님, 애들 교육시키는데 너무하십니다."

결국 몇몇이 항의했다.

아무래도 이대로는 불리하다고 생각한 모양이었다.

그러나 그것은 그들에게 있어 최악의 선택이었다.

"아, 그런가?"

순순히 인정하는 구만수.

그러면서 노형진을 바라보았다.

'이야, 저 변호사 말대로네?'

여기 오기 전, 노형진은 그들이 대꾸할 말을 예측하고 그에 대한 대응책까지 말해 주었다. 그런데 그들은 노형진의 예측에서 한 치도 벗어나지 못하고 있었다.

"하긴, 한 따까리 하는데 고학번이 끼어들면 그렇지?"

"그렇지요."

"그러니까 1학년들은 저기 가서 앉아 있어라."

"네?"

"1학년들까지 우리가 터치하기는 그렇잖아. 그러니까 그 위만 조져야지. 1학년들은 저쪽에 가서 구경해, 이 새끼들을 굴리는 동안."

"헐."

사람을 가장 비참하게 만드는 게 뭘까?

그건 그의 아랫사람 앞에서 굴리는 것이다.

그건 그의 자존심과 자긍심 그리고 권위마저도 무너트리는 행위이기 때문이다.

그렇게 개같이 구르는 선배를 과연 누가 선배로 인정해 줄까?

"들었지? 가서 자리 잡고 앉아라."

노형진이 히죽거리면서 말하자, 서세영은 가장 먼저 자리를 잡고 앉았다.

"세…… 세영아!"

그녀의 행동에 깜짝 놀라는 1학년들.

"앉으라고 하잖아. 선배가 시키면 시키는 대로 하라는데 우리가 뭔 힘이 있어? 안 그래?"

히죽 웃으면서 말하는 서세영의 모습에 다들 너도나도 자리에 앉기 시작했다.

"우리 후배님들, 고생이 많았어."

그중 한 명이 나서서 1학년들을 다독거렸다.

"무슨 일 있으면 우리들한테 전화해. 알았지?"

"네."

2학년 이상은 그저 쓴웃음을 지을 수밖에 없었다.

자신들이 만들었고 자신들이 누렸던 세계가 무너지고 있다는 것을 뼈저리게 느끼고 있었던 것이다.

"자, 그럼 2학년 이상 고학년들, 대가리 박…… 아니다. 내 학번 아래로는 다 불러. 한 새끼라도 안 처나오면 연대책임이다. 알았냐? 너희들이 그 연대책임이라는 걸 그렇게 좋아한다면서?"

구만수의 말은 마치 저승사자의 선고처럼 울려 퍼지고 있었다.

윗물부터 들어내야지

"선배들은 어때?"

"찍소리도 못 해요."

"그렇겠지."

일단 똥 군기 잡는답시고 하던 가혹 행위는 모두 멈추었다.

멈출 수밖에 없었다. 고학번이 등장해 대놓고 후배들 앞에서 창피를 주자 고개를 들 수가 없었던 것이다.

몇몇은 아예 학교도 나오지 않는 상황.

"남은 건 교수들이네."

"하지만 교수들은 힘들 텐데?"

손채림은 걱정스럽게 말했다.

"자기들은 몰랐다고 딱 잡아떼고 있잖아."

"한두 번이냐."

언론사에서 그들을 취재하러 갔을 때 교수라는 작자들은 자기들은 몰랐다, 제대로 교육시키겠다고 말하면서 발뺌만 해 댔다.

"세영이 넌 어떻게 생각해? 진짜로 교수들이 몰랐을 거라고 생각해?"

"아니요. 그럴 리가요."

학생이 한두 명이 아닌데 그걸 모를 수는 없다.

"저번에 경찰이랑 이야기하는 것도 들었고…… 더군다나 교수님들 수업 시간에도 끌려갔었는데요, 뭘."

"끌려갔다고?"

"네."

가끔 수업하러 가면 갑자기 휴강하는 경우가 있었다고 한다. 그런데 그럴 때 갑자기 선배들이 집합을 걸곤 했다는 것.

"짠 거네."

손채림도 바로 알아차릴 만큼 뻔한 속임수다.

"아무래도 집합하라고 하면 안 나오는 사람도 있으니까."

하지만 수업을 빼는 사람은 없다. 도리어 그런 사람일수록 수업에 더 집중한다.

그런 부도덕한 행동에 반응하지 않는다는 것 자체가 경찰이 되겠다는 의미니까.

"기가 막히네."

손채림은 어이가 없다는 듯 고개를 절레절레 흔들었다.

"지금은 21세기인데."

사람은 쉽게 안 바뀌는 법이다.

21세기가 되었다고 사람이 갑자기 바뀌는 것이 아니다. 도리어 그럴수록 타락한 놈이 더 잘나가기 마련이다.

"생각해 봐, 우리가 한국의 암울한 시기를 말할 때 쌍팔년 도라고 하잖아?"

"그렇지."

쌍팔년도는 군사정권이 있던 시기였고 온갖 억압이 있던 시기였다.

물론 나쁘기만 한 것도 아니기는 했다.

범죄와의 전쟁이라는 이름하에 폭력 조직을 깡그리 털어 낸 덕분에 일본의 야쿠자나 중국의 삼합회 같은 전국구급의 폭력 조직이 생기지 않았으니까.

하지만 그 당시에 인권에 대한 그리고 일반 시민에 대한 폭력과 억압을 하던 것만은 부정할 수 없다.

"그 당시 공무원이거나 경찰이던 사람들이 지금 나이가 얼마나 되겠어?"

"어?"

대략 20대 중반이라고 치면 지금쯤 50대 후반쯤 된다는 소리다.

"그러면 그들이 현직에 있다면 직급이 어떻게 될 것 같아?"

"아……."

당연히 소위 말하는 사회 지도층급 자리에 있을 것이다.

"그때 그렇게 국민들을 때려잡으면서 꿀 빨던 인간들이 이제 높은 자리에 올라갔는데, 과연 그 시절을 안 그리워할까?"

"그리워하겠네."

"대학이라고 별다를 것도 없어."

애초에 경찰학과에 교수로 온 사람들은 경찰들이 많다, 그것도 상당히 나이가 있는.

"그들의 머릿속에 있는 경찰에 대한 이미지는 현대적이거나 국민에게 봉사하는 게 아니라 국민을 때려잡는 거야. 가르치는 놈들이 개새끼인데 그 아래가 개새끼가 안 되면 이상하지?"

호부 아래 견자는 없다는 말이 있다지만 호부 아래 견자인 경우는 넘치고 넘친다.

제대로 교육하지 못하면 견자는커녕 개만도 못해지는 것이 인간이다.

"그런데 어떻게 쫓아낼 거야? 우리가 가서 쫓아내라고 한다고 한들 대학에서 쫓아내겠어?"

"그러지 않겠지."

"그런데?"

"하지만 전과가 있다면 다르지."

"응?"

"전과가 있어서 감옥에 간다면 이야기가 달라져."

경찰이 될 사람을 가르치는 교수가 전과가 있으면 여러모로 곤란할 수밖에 없다.

"그래서 폭행의 교사범으로 처넣을 생각이야."

"어떻게?"

"이게 있잖아."

노형진은 작은 USB를 흔들었다. 그러나 손채림은 그걸 보고 머리를 흔들었다.

"그건 증거로 못 쓰잖아."

"에? 어째서요?"

서세영은 어리둥절한 얼굴로 물어봤다.

기껏 녹음했는데 못 쓴다니? 그렇다면 굳이 녹음할 이유도 없지 않은가?

"불법적으로 얻은 증거에 대해서는 증거능력을 인정하지 않아. 너도 변호사가 되려면 그 점은 알아야 해."

"그런가요?"

"그래. 안 그랬으면 증거 구한다고 상대방 집 털고 난리도 아니었을걸."

"이걸 증거로 쓸 수 없다는 거야 나도 당연히 알아."

노형진은 그런 말이 나올 줄 알았다는 듯 고개를 끄덕거렸다.

"설마 내가 그것도 모르고 녹음했을까 봐?"

기본적으로 녹음은 불법이다. 특히나 제삼자가 녹음이나

녹화를 하는 것은 당연히 불법이다.

가끔 시사 프로나 사회 프로에서 몰래 녹음이나 녹화를 하는 것은 사회 고발적 프로그램이라는 특성상 그 위법성이 조각되기 때문에 가능해서 하는 것이다.

"그런데 그걸 왜 증거로 쓰겠다는 거야?"

"너도 착각하는 게 있는데."

"무슨 착각?"

"그렇게 불법적으로 얻은 증거가 불인정되는 것은 그게 불법적으로 얻어졌기 때문이야."

"응? 그게 무슨 소리야?"

"그러니까 불법적으로 얻은 걸 합법적으로 세탁하면 그건 합법이라는 거지."

"합법?"

"그래."

"아니, 무슨 증거를 세탁을 해? 빨래야?"

"돈도 세탁하는데 증거라고 세탁 못 하겠어? 후후후."

그 정도는 아무것도 아니라는 듯 노형진은 미소를 지었다.

⚖

"이, 이게 무슨……."

경찰학과의 수갑만 교수는 당황해서 어쩔 줄 몰라 했다.

인터넷에 자신들이 경찰과 나누는 대화가 쫘악 퍼지고 있었던 것이다.

"기자들이 자꾸 연락이 오고 난리입니다."

"벌써 검찰 측에서도 따라붙었어요."

"아니, 이게 어떻게 된 겁니까?"

누가 뿌렸는지는 알 수 없지만 자신들이 경찰들과 나눈 대화는 심각한 내용이었다.

그럴 수밖에 없는 게, 그 안에는 자신들이 폭행을 교사했다는 내용이 다 들어가 있었기 때문이다. 심지어 자신들이 그걸 뒷수습했다는 사실도 말이다.

"도대체 어떤 미친놈이 녹음한 겁니까!"

자신들은 녹음되고 있다는 것도 몰랐다. 그리고 지금까지 등장한 적도 없어서 그런 게 있다는 것도 몰랐다.

"수 교수, 이거 누가 뿌렸는지 알아냈습니까?"

"외국 서버에서 뿌려졌다는 것만 알아냈습니다."

"외국요? 경찰은 뭐 해요?"

"상황이 안 좋아요! 상황이!"

수갑만을 비롯해서 이들은 대부분 경찰에서 온 사람들이다. 그러니 어지간한 사건은 경찰이 알아서 도와준다. 그래서 그동안 사건을 은폐할 수 있었고 말이다.

하지만 지금은 진짜 상황이 안 좋았다.

"우리를 도와주던 경찰이 다 잡혀갔어요."

당연히 소문이 파다하게 나서 자신들을 도와주려고 하지 않는 데다가 검찰 측에서는 경찰이 사건을 은폐한다고 주장하면서 수사를 따로 하고 있었다.

이런 상황에서 터진 녹음인지라 도무지 방법이 없었다.

"이번 수사를 경찰이 아니라 검사가 한다고요?"

"네."

"큭."

그렇다면 목적은 뻔하다. 자신들을 확실하게 엮어 버리겠다는 것.

그리고 그렇게 해서 자신들의 기소권 독점을 확실히 하겠다는 것.

"미치겠네, 미치겠어."

수갑만은 자리에서 일어나서 회의실을 왔다 갔다 했다.

벌써 기자들이 달려왔고, 학교에서는 조사 중이라는 말로 시간을 끄는 것 말고는 방법이 없었다.

"이대로는 큰일 나요."

"일단은 가서 청탁을 넣어 봅시다."

"하지만……."

"그거 말고 방법이 없지 않습니까?"

"녹음 내용이 확실한데."

"우겨야지요."

"우겨?"

"우리가 교육하라고 한 건 그냥 충고일 뿐이지, 구타나 가혹 행위를 하라고 한 게 아니라고요. 녹음 내역에서도 말하지 않았습니까, 격해졌다고."

"그게 통할까요?"

언론이나 검찰이 바보도 아니고, 이런 식으로 눈 가리고 아웅 한다고 속을 거라는 보장은 없었다.

"그거 말고는 방법이 없지 않습니까?"

"그렇기는 하군요. 수 교수가 알아서 좀 해 줘요."

"알겠습니다."

수갑만은 똥줄이 바짝바짝 탔다.

그리고 그들이 그러는 걸 알고 있는 노형진은 다음 함정을 준비하고 있었다.

⚖️

"머리 좋은데?"

"증거 세탁이라는 것이 힘든 게 아니라니까."

확실히 녹음한 것은 불법이다. 그리고 그걸 자신들이 증거로 쓰거나 자신들이 검사들에게 줘서 쓰게 한다면 그건 불법 증거다.

"그러나 인터넷에 마구 돌아다니는 건 불법이 아니지."

노형진은 간단하게 모든 일을 해결했다.

바로 인터넷에 녹음 파일을 무작위로 뿌려 버린 것.

그건 인터넷에서 무차별적으로 나돌기 시작했고, 개나 소나 가지고 있게 되었다.

당연히 검찰에 그 소식이 들어갔고, 검찰은 그냥 간단하게 인터넷에서 그걸 다운로드받았다.

결국 검찰은 아주 '합법적인 방법'으로 증거를 얻은 것이다.

"일단 검찰 측에서는 그걸 기준으로 폭행 교사로 고발할 거야."

"그런데?"

"문제는 확실한 증거야."

녹음된 내용은 교육을 시키라는 것이었지, 폭행하라는 구체적 행동 지침이 아니었다.

그러니 그들이 방어하기 위해서 나올 방법은 뻔하다.

"아마도 그들은 그저 예절 교육이나 조언을 좀 해 주라고 했을 뿐이라는 식으로 말하겠지."

"흠……."

손채림은 머리를 긁었다.

자신이 생각해도 가장 확실한 방어법이고, 또 그렇게 된다면 확실한 증거가 없는 이상에야 그들이 이기게 될 거라는 생각이 들었던 것이다.

"우리가 끼어들 수 있는 거야?"

"기본적으로는 불가능하지. 이건 형사야. 검사와 그들의 싸움이지, 나와 그들의 싸움이 아니잖아."

"이거 참 문제네."

형사에는 노형진이 끼어들 이유가 없다.

아니, 그게 불가능하다.

결과적으로 그들은 형사사건에서 거짓말만 잘한다면 처벌 받지 않고 벗어날 수 있는 것이다.

"자, 그러나!"

"진짜 싫다."

"뭐가?"

"넌 꼭 재미있는 건 꼭꼭 감춰 두더라? 그리고 나중에 꺼내 들어."

노형진을 살짝 흘겨보는 손채림.

노형진은 그냥 허허 웃고 말았다.

"그래야 긴장감 좀 있지 않겠어?"

"그래그래, 지금 진짜 긴장했으니까 최종 카드 좀 꺼내 봐."

"우리에게는 학생들이 있다, 이 말씀."

"1학년들? 그들이 증언해 줄까? 설사 해 준다고 해도 대놓고 너희들은 좀 맞아야겠다고 하지 않은 이상에야……."

그러나 교수들이 그렇게 대놓고 하지는 않았을 것이다.

내리 갈굼이란 말 그대로 아랫사람을 시켜서 범죄를 저지르게 하고 그 책임을 그에게 뒤집어씌우는 행위니까.

"물론 1학년은 말해 봐야 의미가 없지. 피해자니까. 그들이 말을 안 해 줘도 모르고."

"그런데?"

"하지만 우리에게는 2학년 이상의 선배 학번들이 있다는 말씀."

"응? 고발한 놈들? 그놈들이 뭐가 아쉬워서 우리를 도와줘?"

"아니, 고발하지 않은 놈들."

"응?"

손채림은 고개를 갸웃했다.

확실히 선배 학번 모두를 고발하는 것은 불가능하니 주도적으로 사건을 일으킨 사람들만 고발했다.

그리고 모른 척하거나 경미한 녀석들은 대부분 고발하지 않았다.

"그 녀석들이 우리를 왜 도와주겠어?"

"그들은 경찰이 되어야 하니까. 경찰이 되고 싶어 하니까."

"무슨 뜻이야?"

"간단하게 생각해 봐. 그들은 구타와 가혹 행위가 이루어지는 것을 알고 있었어. 그렇지?"

"그렇지."

"일부는 거기에 참여했고, 일부는 알면서도 모른 척했어. 그렇지?"

"그렇지."

"그러면 뭐가 되지?"

"어…… 아! 방조범! 내가 왜 그 생각을 못 했지?"

분명히 가혹 행위를 할 때도 직접적으로 나서지는 않았지만 뒤에서 분위기를 잡으면서 바라보던 사람들이 있었다.

그들은 빼도 박도 못하고 폭행 방조다.

게다가 이미 그날 촬영한 동영상에 다 들어 있다.

그뿐만 아니라 1학년들의 증언만으로도 그들은 폭행 방조가 된다.

"그래. 그들은 폭행 방조지. 딱 한 경우만 빼면."

"알겠는데."

손채림의 얼굴에 희미한 미소가 떠올랐다.

"자기 스스로 피해자인 경우에는 그렇지."

"맞아. 상대방의 협박이나 기타 위협으로 인해서 어쩔 수 없이 했다고 하면 처벌이 감경되지. 벌금 정도로 떨어질걸."

그 차이는 어마어마하다.

만일 방조가 맞는다면 경찰이 되는 것은 물 건너간다. 하지만 피해자라서 벌금이나 집유 정도만 된다면 경찰이 되는 것은 불가능한 것은 아니다.

"협상도 가능하지."

"협상?"

"그래, 1학년들이 고발하지 않는 조건 말이야."

"그러네."

아무리 억울한 1학년이라고 해도 선배들을 모조리 쳐 낼 수는 없다. 그러니 문제가 되는 자들만 쳐 내고 적당히 손을 내밀어야 한다.

"1학년들이 과연 할까?"

"해야지. 상황이 이 지경까지 갔는데 그 교수들이 남아 있다면 불이익을 피할 수 없어."

결국 1학년들이 불이익을 입지 않으려면 교수들을 모조리 쳐 내는 수밖에 없다.

"그러니까 이제 화해의 장을 한번 만들어 보자고."

"완전 병 주고 약 주고네."

"원래 변호사란 게 그런 거잖아?"

노형진은 키득거리면서 말했다.

⚖

"음……."

화해의 자리를 만든다고 하지만 사실상 갑은 1학년들이다.

2학년 이상의 선배들은 자신들의 범죄행위 때문에 찍소리도 못 하는 상황이 되어 버렸으니까.

"그러니까 여러분들이 고발해 주신다면 저희는 나머지 부분에 대해서는 덮고 넘어가겠습니다."

"하지만……."

교수를 고발한다는 것은 그들의 입장에서는 상당히 곤혹

스러운 일이다.

그러나 이미 그들은 돌아갈 수 없는 강을 건넌 상태.

"물론 하기 싫으면 안 하셔도 됩니다. 하지만 그렇게 되면 여러분들이 주동자가 됩니다. 무슨 뜻인지 모르는 건 아니겠지요?"

"주동자라니요! 우리는 구경만 했다고요!"

"폭행의 현장에서 직접 손을 대지 않았다고 하더라도 구경하면서 저항할 수 없는 분위기를 만들어 내거나 감시하는 것도 폭행입니다. 경찰이 되겠다는 분들이 그런 것도 모르시면 안 되죠."

사색이 되는 선배들.

"설사 아니라고 해도 최소한 폭행 방조입니다. 학교에 소문이 아주 파다하게 났더군요. 그걸 모르시지는 않았을 테고. 결과적으로 그렇게 폭행과 가혹 행위가 이루어지는 걸 알면서도 모른 척하셨다는 건데…….."

"그런 식으로 보면 우리 학교 전부 고발되어야 하는 거 아닌가요! 당신 말대로라면 그렇잖아요!"

온 학교에 경찰학과의 폭행 사실이 알려져 있다면 그들 역시 신고해야 하는 게 아니냐는 주장.

"법을 공부하려면 제대로 해야지요."

"뭐라고요?"

"방조범의 범위는 무한대가 아닙니다. 그런 식으로 보면 대한민국의 대부분의 사람들은 방조범이 될 텐데요? 어디서 어떻게든 범죄는 벌어지고 있을 테니까."

"그게 무슨……?"

"그들은 범죄가 저질러지고 있다는 사실은 알지만 정확한 장소와 시간을 모르지요. 그리고 가해자에 대해서도 정확하게 알지 못하고요. 그러니 특정해야 하는 신고의 특성상 한계가 있습니다. 실제로 우연히 발견한 학생들의 신고 기록도 있으니 방조범이 되는 건 무리지요."

"우리는 안 그런가요!"

"가해자들이 누군지 알고 있고, 누구한테 사주받았는지 알고 있으며, 집합 시간과 집합 장소를 알고 전파한 당신들하고는 상황이 좀 다르죠."

"……."

"더군다나 당신들은 학교의 선배로서 신고의 의무까지는 아니라고 하지만 범죄를 신고할 수 있는 자리에 있는 자들이고 경찰을 지망하는 지망생들로서 정의감을 가지고 신고하는 것을 우선했어야 합니다. 아닌가요?"

"그건……."

"그런데 알면서도 모른 척하고 신고도 안 했을 뿐만 아니라 일부는 직접 폭력에 가담했으니 판사들이 참 좋아할 거예요."

"우리한테 왜 그래요!"

노형진이 몰아붙이자 여학생 한 명이 울음을 터트렸다.

그러나 1학년 대표로 나온 서세영은 차갑게 말했다.

"눈물로 감추려고 한다고 감춰지는 상황이 아니거든요? 우리가 맞으면서 울 때 웃던 게 누구더라?"

아무래도 보아하니 저 여자에 대해서 아는 모양이다.

"그러니까 선택하세요. 우리와 함께 고발해서 고발을 피하든가, 아니면 끝까지 버텨서 고발당하든가."

물론 이런 방조범 같은 것은 경찰이 알아서 조사해야 한다.

그러나 우리나라 경찰의 특성상 알아서 주변을 털어 주지는 않을 것이다.

"하지만 우리가 고발하면 이야기가 달라지지요."

고발이 들어가면 수사해야 하며, 수사하면 처벌은 피할 수 없다.

"우리가 고발하면 교수님들이 뭐라고 하겠습니까?"

"글쎄요. 감방에서 편지라도 보낼까요?"

"뭐요?"

"맞은 게 현 1학년만은 아닐 텐데요?"

지금 2학년도, 그리고 3학년도 누군가에게 맞으면서 전통이라고 배웠다.

"그 뒤에 교수가 있을 텐데. 아시잖아요?"

"……."

맞는 말이다.

자신들이 1학년에게 했던 짓을 자신들 역시 1학년 때 그대로 당했다.

"못해도 3년간 수백 명에게 폭행 교사를 했는데 실형이 안 나올 리가 없죠."

설사 안 나온다고 해도 학교에서 교수 노릇은 못 한다.

"당신들이 신고하지 않으면 당신들 인생이 끝나는 거고, 신고하면 교수들 인생이 끝나는 거고."

양자택일을 해야 하는 상황에서 그들이 선택할 수 있는 카드는 하나밖에 없었다.

⚖️

"의외로 협조적이네."

"응?"

"우리한테 원한이 있잖아. 그래서 협조 안 할 거라 생각했거든."

그러나 예상과 다르게 선배라는 작자들은 적극적으로 협상에 나섰다.

사실 협상이라고 해 봐야 어떻게 고발하느냐와 관련된 일이지만.

"그들도 당한 사람들이니까."

"응?"

"생각해 봐. 1학년이 그들의 교사로 인해서 그렇게 폭행이랑 가혹 행위를 당했는데 다른 학년들은 아니겠어?"

"당연히 그렇겠지."

"그걸 알아차리니까."

자신이 고생했던 이유에 대해서 드디어 정확하게 인식한 것이다.

아니, 인식했다기보다는 보복의 기회를 잡은 것이다.

"그 전에는 교수라는 직함 그리고 사회적으로 자신을 쥐고 흔들 수 있는 자리에 있다는 점 때문에 찍소리도 못 했지. 하지만 저쪽은 이제 몰락하는 배야. 그때는 가능하면 빨리 빠져나가야 하지."

"그래서 털어 내는 거야?"

"그렇지. 그래야 자신들은 피해자가 되니까."

교수는 학생에게 절대적인 위치를 가지고 있고 인맥이 중요한 학과 특성상 그들의 말 한마디 한마디가 위협이 될 수밖에 없다.

"그런 관계면 피해자라고 주장할 수 있거든."

만일 누군가가 범죄를 저질렀는데 그 범죄가 협박에 의해서 이루어진 것이라면 형이 감경될 뿐만 아니라 운이 좋으면 무죄까지 나올 수 있다.

그러니 그들은 그걸 노리고 고발하기로 마음먹은 것이다.

"그건 이해하겠고, 이제 다 끝났는데 왜 학교는 가는 거야?"

"두 가지 목적."

"두 가지 목적?"

"일을 시작했으면 확실하게 처리해야 한다는 게 첫 번째고, 이참에 확실하게 뿌리를 뽑으려는 게 두 번째야."

"응?"

이미 경찰학과는 날아갈 만큼 날아갔다. 아마 이번 학기는 글렀고, 다음 학기나 돼서야 제대로 굴러가게 될 것이다.

그런데 뿌리를 뽑는다니?

"이건 경찰학과만의 문제가 아니거든."

"아, 맞다. 그랬지."

서세영이 속한 게 경찰학과일 뿐이지, 이러한 통 군기 문제는 여러 학과에서 벌어지는 악습 중의 악습이다.

"그걸 뜯어고쳐야지."

"다 고소할 수는 없잖아?"

"다 고소할 수는 없지. 하지만 그걸 멈추게 할 만한 사람을 알고 있지."

그리고 그를 만나서 담판을 지으려는 것이 여기에 온 목적이었다.

"그건 월권 아닙니까?"

학장은 심기가 불편한 얼굴로 말했다.

그럴 수밖에 없는 것이, 노형진이 요구한 것은 경찰학과 교수들의 전원 해고였으니까.

"문제가 안 될 텐데요?"

한 명이라도 고발이 안 되었다면 모르는데 모조리 고발이 된 상태. 그러니 그들은 처벌을 피할 수 없다.

"어차피 그들은 실형을 피할 수 없습니다. 그런데 그냥 교수로 두겠다는 겁니까?"

"그건 형량이 나와 봐야 알지요."

"그래서 형량이 실형이 안 나오면 그 자리를 보전해 주실 생각입니까?"

"그건 회의를 해 봐야지요."

학장의 말에 손채림은 이해가 가지 않아서 노형진의 옆구리를 쿡 찌르고는 귓속말로 조용히 질문을 던졌다.

"아니, 경찰학과 교수가 폭행 교사로 처벌받는데 안 자르겠다니 무슨 심보야?"

"너, 교수 연봉이 얼만지나 알아?"

"응?"

"1억 가까이 된다고. 그 자리를 그냥 능력이 있다고 받을 수 있겠어?"

"아……."

물론 능력이 있어서 받는 사람들도 있다.

하지만 일종의 암묵적인 '뭔가'에 의해서 받는 경우도 적지 않다.

"그러니 안 자르려고 하지."

실제로 교수의 범죄행위가 확정적이고 형사처벌까지 확정되었는데도 불구하고 학교에서 필사적으로 자르지 않는 경우가 종종 있다.

그건 그들이 서로 끈끈하게 연결되어 있기 때문이다.

"그렇군요."

노형진이 여기까지 확실하게 못을 박으러 온 것은 바로 그런 이유 때문이었다.

잠깐 시끄러울 수도 있고 또 사회적으로 문제가 될 수도 있다.

'하지만 그게 끝이지.'

1년만 지나면 사람들은 까먹을 테고, 교수들은 다시 돌아올 것이다. 그리고 똑같은 짓을 할 테고.

"그러면 저희가 나서서 문제를 해결해야 될까요?"

"뭐라고요?"

무슨 뜻인지 이해하지 못해서 되묻는 학장.

이어지는 노형진의 말은 담담했지만 학장의 얼굴은 사정없이 일그러졌다.

"학교 내 똥 군기 잡는 거 말입니다. 들어 보니 이 학교, 그런 행위가 심각하더군요."

"그거야 학과 차원의 전통이라……."

"전통이 아니라 악습이지요."

사람들은 전통이라고 할지도 모른다.

그러나 고쳐야 하는 것을 전통이라고 부를 수는 없는 법.

"이야기를 들어 보니 가관이더군요. 염색 금지, 정문 사용 금지, 양말도 검은색에 여자는 무조건 치마만 입어야 하고 귀걸이도 금지, 반지도 금지, 심지어 매점도 금지. 군대 같다니까요."

"크흠……."

몇 가지 사례만 말했음에도 학장은 대꾸하지 못했다.

즉, 그 사례에 대해서 알고 있었다는 소리다. 그럼에도 고칠 생각은 없고.

"1학년들에게 찾아가서 소송하라고 해 볼 생각입니다."

"그게 무슨……?"

"잘못된 건 고쳐야지요. 그리고 1학년이면 손해 볼 것도 없지 않습니까?"

"그……."

"아! 그러고 보니 선배들은 조금 문제가 될지도 모르겠네요. 학과별 전과자 비율이 얼마나 나오려나? 80% 정도 될 것 같은데."

"협박입니까?"

"협박이 아니라 현실이지요. 범죄를 저질렀으면 처벌을 받아야지요, 전통이라고 포장할 게 아니라."

"미친……!"

노형진의 표정은 진심이었고 학장은 질려 버렸다.

"수백 명의 인생을 시궁창으로 처박겠다 이겁니까?"

"내 알 바 아니지요. 그들은 내 의뢰인도 아니고 범죄자일 뿐인데."

노형진의 방식으로 처리하면 학과에 남아 있는 사람들 대부분은 폭행, 아니면 폭행 방조로 처벌을 면할 수 없다. 2학년부터 4학년까지 모조리.

"이익……."

그 표정을 보고 있던 손채림은 갑자기 뭔가 생각났는지 노래를 불렀다.

"맑은 소리, 고운 소리."

"응? 뭐 하냐?"

"영창 피아노, 영창!"

모 업체의 CM송을 부르는 그녀를 갑자기 웬 노래인가 하는 표정으로 바라보던 노형진은 문득 그 이유를 알아차렸다.

"영창이 아니라 군 교소도야, 이 경우는."

"아, 그래?"

"좀 달라."

영창은 엄밀하게 말하면 민간의 구치소 같은 개념이다.

"그게 무슨 말이오!"

"말 그대로입니다. 남자라면 군대 한번 가야지요?"

남자는 대학을 다니다 보통 2학년쯤을 마치고 군대를 간다. 문제는 거기서 발생한다.

보통 가혹 행위를 하기 시작하는 것은 2학년이다.

그리고 그들이 군대를 간 상황에서 고발이 들어가면 신분상 그들을 조사하는 것은 민간이 아니라 군대가 된다. 처벌도 당연히 군인으로서 받게 된다.

"군 교도소에 갔다 온 복학생들이 어떻게 굴지 참 궁금하네요."

"아니, 애초에 다니는 학생 대부분이 전과자인 학교에 학생들이 올까?"

"안 오지."

"아이구, 학교 망하겠네."

"그러게."

노형진과 손채림이 대화하는 것처럼 말하고 있었지만, 학장이 바보도 아닌데 그들이 말하는 게 뭔지 모를 리 없다.

"학교가 망하면 교수님들이 참 싫어할 거야."

"아, 그러고 보니 요즘은 대학도 퇴출된다지?"

"아, 맞다."

대학의 경쟁력을 강화한다는 이유로 취업률이 낮으면 대학도 퇴출시키는 정책이 시행되고 있는 상황이다.

"아주 삼박자 딱 맞네."

범죄자가 가득하니 학생은 안 올 테고, 설사 오게 되더라도 질적으로 엄청나게 떨어지는 사람들이 올 것이다. 그렇게 되면 학교의 이름은 점점 더 개판이 될 게 뻔하다.

한번 떨어진 이름이 다시 올라가는 것은 불가능에 가깝고, 졸업하기 시작한 전과자들이 멀쩡하게 취업하기는 힘들 테니 취업률이 떨어지는 것은 당연하고, 정부의 입장에서는 이건 도무지 답이 없는 학교로 찍히게 된다.

"알았다고!"

협박 아닌 협박에 학장은 이를 박박 가는 수밖에 없었다.

물론 그렇게 안 될 수도 있다.

하지만 노형진이 진짜로 작심하고 시작한다면 최소한 1학년들이 단체로 들고일어날 수는 있다.

그렇게 되면 대학은 소송으로 몸살을 앓게 될 테니, 학교가 개판이 되는 건 순식간일 것이다.

'그리고 재수 없으면 뇌물 받고 교수 자리 준 게 뽀록나겠지.'

아마도 그는 그걸 제일 두려워할 것이다. 그러니 물러날 수밖에 없으리라.

"그 녀석들만 쳐 내면 되는 거지요?"

"아까 말씀드렸다시피……."

"또 뭐요!"

"저희 로펌에서는 이번에 1학년과 폭력 피해자들을 대상으로 영업을 좀 해 볼까 합니다. 아무래도 사건이 사건이다 보니 수임료가 좀 될 것 같아서요."

학장의 눈에서 불이 뿜어져 나왔다.

"너무하는 거 아닙니까?"

"뭐가요?"

"우리도 애들을 통제해야지요."

"그래서 안 때리면 통제 못 합니까? 그리고 애들이 뭡니까? 다 성인입니다."

"아무리 그래도 그렇지……."

"원하신다면 그냥 두세요. 안 말립니다. 저희도 돈 좀 벌어야지요."

"으윽……."

물론 선배들을 통해서 윽박지르면 1학년은 입을 다물 수도 있다.

그러나 그 부모들까지 그냥 있을 리 없다.

"고칠 건 고쳐야지요."

"끄응……."

"아니면 학교에서 소송으로 날밤 새우든가요. 아, 그리고 말씀 안 드렸는데……."

"또 뭐!"

"민사도 있습니다."

"큭."

민사까지 가게 된다면 학교라는 집단은 완전히 무너지게 된다.

선후배가 서로 민사소송하고 교도소에 보내고 그러는데 학교가 제대로 굴러갈 리 없으니까.

그러니 민사까지 가기 전에 어떻게 해서든 사건을 무마해야 한다.

"후우……."

결국 그는 털썩 주저앉을 수밖에 없었다.

직감적으로 절대로 노형진을 막지 못한다는 것을 알아차린 것이다.

"알겠습니다. 절대로 군기 못 잡게 하겠습니다."

"군기가 아니라 똥 군기입니다. 그리고 여기는 군대도 아니에요. 그런데 왜 똥 군기를 잡습니까? 심지어 요즘은 군대에서도 잡지 말라고 합니다."

노형진은 그가 물러나자 더 이상 뭐라고 하지 않았다.

자신이 원하는 목표는 달성했으니까.

"그럼 이만."

노형진이 자리에서 일어났지만 학장은 질렸다는 표정으로 손을 흔들 뿐 돌아보지도 않았다.

"똥 군기가 심한가 보네."

"심하지. 아마 다른 곳에서도 심할걸."

물론 대부분의 대학이 이런 건 아니다. 일부 대학, 그것도 그중에서 일부 학과만 이럴 것이다.

"이런 똥 군기는 계속 관리해야 한다는 점에서 고달픈 거야."

"그렇기는 하겠네."

한 번에 박멸되면 좋은데, 어느 순간 마치 곰팡이처럼 슬금슬금 다시 나타난다.

한 명이 자기 이득을 위해서 똥 군기를 잡고, 그게 어느 순간 전통으로 포장되고 서로 악다구니를 하면서 가혹 행위가 이루어진다.

"그게 사회를 좀먹는 것도 모르고 말이야."

노형진은 교정을 걸으면서 입맛을 다시며 말했다.

"나도 저 잔디밭에서 기타 치면서 노는 시절이 있었으면 좋았을 텐데."

손채림은 피식 웃었다.

"너야말로 쌍팔년도 설정에서 벗어나지그래? 기타라니."

"그런가? 하하하."

노형진은 그렇게 말하면서 사람들이 다니는 교정을 물끄러미 바라볼 뿐이었다.

복수의 완성

"요즘은 잘 안 부르시더니 어쩐 일이십니까?"

유민택은 미소를 지었다.

"뭐, 부를 일이 있어야 말이지."

"성화는 이제 끝난 겁니까?"

"거의."

"거의?"

"그래, 거의 끝나 간다네. 사실 이제는 저항이라고 할 만
한 것도 없다네."

성화의 본사를 대룡이 구입한 것은 신의 한 수였다.

그동안 무너지지 않고 있던 성화에 대한 믿음이 무너지는
결정적 계기.

성화와 대룡의 전쟁을 알고 있는 사람들은 사실상 대룡의 승리를 확신할 수 있었고, 그로 인해서 모조리 대룡 쪽으로 붙어 버렸다.

문제는 그쪽으로 붙어야 하는 분야라는 것 자체가 은행이나 대출 업계 등등이라는 것.

쉽게 말해서 그나마 숨통만 남아 있던 성화의 자금줄을 모조리 틀어막아 버렸다는 것이다.

"그나저나 의외군요, 정부에서 안 끼어들다니."

노형진은 의외라는 듯 말했다.

"정부 입장에서는 성화 정도의 기업이 넘어가는 것을 원하지 않을 텐데요?"

"그건 어디까지나 돈이 될 때의 이야기지."

"무슨 말씀이신지?"

"기업들의 세계는 약육강식이라네. 세상과 별반 다를 바 없지."

"그런데요?"

"이제 성화는 몰락할 대로 몰락했다네. 그런데 다른 곳에서 그냥 두겠나?"

"아!"

성화는 본진을 털리는 것으로 더 이상 회생할 가능성이 없다는 것을 증명(?)했다.

그리고 그걸 안 다른 기업들이 그냥 두고 볼 리 없다.

"솔직히 우리가 나설 필요조차 없어졌네."

"헐."

지금까지 그저 관전만 하던 다른 기업들은 성화가 자신들에게 이빨을 드러낼 수 없다는 사실을 알아차리자마자 그들에게 이빨을 드러내면서 사냥을 시작했다.

성화는 발버둥을 치려고 했지만 대룡만 해도 버거운 상황에서 다른 기업들을 물어뜯는 것은 불가능한 일이었다.

"의외군요. 성화를 잡아먹으려고 하다니."

"의외가 아닐세. 생각해 보게. 지금 성화는 몰락하는 중이야. 그런데 그 와중에도 결사적으로 붙들고 있는 것들이 있지. 그게 무슨 뜻인지 알겠나?"

"알짜라는 소리군요."

"그래."

성화는 규모가 줄어든 만큼 반대로 알짜만 남아 있다는 소리다.

쭉정이나 어쭙잖은 기업들을 모조리 정리하고 남은, 진짜 알짜배기들.

"돈이 된다는 것이군요."

"그래."

그러니 그걸 빼앗는 자는 어마어마한 돈을 벌 수 있을 것이다.

"성화의 입장에서는 지키고 싶겠지만……."

"불가능하겠네요."

당장 그곳을 팔아서 돈을 융통할 수는 있다.

그러나 그런 곳을 팔아서 융통한 돈은 채무를 갚고 밀린 월급을 주고 나면 남는 게 없다.

설사 남는다고 해도 대룡과의 싸움에서 모조리 소진될 것이 뻔했다.

"그렇다고 그냥 붙들고 있자니 당장 내일이 확실하지 않은 거지."

기업을 통째로 삼키는 것이 훨씬 편하기는 하지만 이도 저도 안 된다면 차라리 망해 버리게 둔 다음에 그 기업이 가지고 있던 모든 장비와 인력을 흡수하는 것도 한 방법이다.

"그나마 남아 있던 돈줄도 다른 기업들이 터치하기 시작했을 테고……."

"그렇지."

"만인에 대한 투쟁인 셈이군요."

노형진은 히죽 웃었다.

어쩐지 자신을 부르지도 않는다 싶었는데, 그럴 필요도 없이 그냥 두면 성화는 몰락을 피할 수 없는 것이다.

"그런데 왜 부르신 겁니까? 보아하니 더 이상 싸울 일도 없어 보이는데."

성화의 몰락은 확정적이다, 더 이상 대룡이 끼어들 필요도 없을 만큼.

그런데 왜 자신을 부른 것일까?

"심장에 칼을 꽂고 싶네."

"심장에 칼을요?"

"그래. 심장에 칼을 꽂는 것은 다른 누구도 아닌 우리 대룡 그리고 나여야 해. 그래서 자네를 부른 것일세."

"무슨 뜻인지 알겠습니다."

성화는 대룡을 집어삼키기 위해서 유민택의 두 아들을 죽였다.

심지어 유민택의 씨도 아닌 작자를 아들로 속여서 기업을 집어삼키려고 했다.

'아마도 원래 역사에서는 유민택도 죽였겠지.'

그런 그들이 무너지는 데 가장 큰 공을 들인 것도 유민택이고 또 가장 큰 원한을 가지고 있는 것도 유민택일 것이다.

"복수의 완성은 내 스스로 칼을 꽂는 것에 있네. 남이 해 주는 복수는 아무런 의미도 없어."

"그런가요?"

"대표적인 예가 바로 한국의 독립 아니겠는가?"

"으음……."

대한민국이 독립할 때, 그건 독립운동의 성공으로 인해서 벌어진 게 아니었다.

독립운동을 폄하할 생각까지는 없다고 하지만 실제로 독립에 성공할 수 있었던 것은 일본이 패망해서였다.

"그 당시 제대로 칼을 꽂지 못해서 얼마나 많은 피해가 있었나?"

"알 것 같네요."

일본이 패망하고 미국 군정이 들어오면서 그들은 사용의 편리성을 이유로 친일파를 다수 기용했고, 그 이후 대한민국은 독립은 했으나 여전히 친일파가 지배하는 나라가 되어 버렸다.

"그러니 내가 제대로 칼을 꽂아서 죽여 버리고 싶네."

"그런데 확실한 게 없다는 거군요."

"그래."

너도나도 성화를 물어뜯고 있다. 성화는 사력을 다해서 저항하고 있으니 총력전이나 마찬가지다.

"그런 상황에서 그들의 심장에 칼을 꽂는 것은 쉬운 게 아니더군."

"서로가 물어뜯으니까요."

"그러네."

"무차별적 살인이군요."

"무차별적 살인?"

"네. 살인이 동시에 이루어지고 있어 어떤 게 치명상인지 모르는 경우죠."

법적으로도 가끔 그런 경우가 있다.

수십 명이 한 명을 린치하는 경우, 그들 중 누가 치명상을 입혔는지 모르게 되는 것이다.

그래서 사건을 해결할 때는 가장 중요한 것이 바로 치명적인 상처를 입힌 사람이 누구인지 확인하는 것이다. 그러면 그가 살인이고, 다른 사람은 폭행이 된다.

"그런데 이 경우는 애매하거든요."

집단 린치를 했으니 누군가는 치명적인 폭행을 가했을 테지만, 그게 누군지 알 수가 없다.

"그렇게 되면 누가 죽였는지 알 수 없으니 폭행으로만 처벌받게 됩니다."

"헐, 그런 게 있나?"

"네. 살인에 대한 처벌은 엄격하니까요. 어지간해서는 살인을 인정하지 않습니다. 그리고 보니 지금 상황이 딱 그러네요."

모두가 성화를 물어뜯고 있다. 누가 성화를 죽이고 있는지조차 불확실한 상황이 되어 버렸다.

이 상황에서 유민택은 자신이 성화를 죽였다는 확실한 증거를 원하고 있었다.

"그래서 자네를 부른 걸세."

"법무 팀은요?"

"그들이야 언제나 똑같지."

그들도 나름 조사를 하고 계획을 짜고 공격을 한다.

하지만 그건 다른 기업도 마찬가지라 그다지 다를 바가 없는 것이다.

"결국은 기업 법무 팀의 한계라고 할까? 아무래도 방법의 다양성에서 한계가 있지."

"흠……."

그들은 변칙적인 방식에 익숙하지 않다.

그렇다 보니 아무래도 정석적인 방식으로 공격하는 것을 선호할 수밖에 없고, 그건 다른 기업들 역시 마찬가지다.

"하지만 내가 원하는 건 기업을 삼키고 그러는 게 아니야."

어차피 더 이상 규모를 키우기에는 대룡도 한계가 있다.

물론 물어뜯기 위해서 달려들고 있다고 하지만 그게 쉬운 것은 아니다.

다른 기업들 역시 알짜배기를 노리고 달려들고 있어서, 그들을 꺾고 이겨야 물어뜯을 수 있으니까.

말 그대로 만인의 만인에 대한 투쟁인 상황.

"난 좀 더 확실하게 그들의 모가지를 쳐 내고 싶은 거야."

기업은 다른 놈이 가져도 상관없다. 그러나 성화의 최후를 끝내는 것은 자신이어야 한다.

그게 바로 복수의 끝이다.

"흠……."

"난 그걸 원하네. 내가 만족하는 게 아니라 외부에도 내가 성화를 끝장냈다고 주장할 수 있는 무언가. 그래서 내가 죽어서도 먼저 간 자식들에게 최선을 다했다고 할 수 있는 무언가 말일세."

"상당히 어려운 문제군요."

"그래서 자네를 부른 거야."

그냥 이기는 것도 아니고 끝장냈다는 무언가라니.

"기업은 상관없습니까?"

"상관없네. 먹어도 그만, 안 먹어도 그만. 사실 우리 여력으로 새로 먹는 것도 힘들고."

만인의 만인에 대한 투쟁 상태가 되면 성화가 살아남기도 힘들어지지만, 반대로 성화가 돈을 벌기는 쉬워지는 상태가 된다.

무슨 소리냐면 고기는 한정되어 있는데 먹으려는 놈은 많으니 성화에서 고기, 즉 기업을 비싼 가격에 팔 수 있게 되는 것이다.

"복수라. 지금까지 한 의뢰 중에서 가장 어려운 부탁이네요."

차라리 타격을 주는 것이 더 쉽다. 그런데 완전히 심장에 칼을 꽂아야 한다는 것은 어려운 일이다.

"할 수 있겠나?"

"글쎄요. 해 봐야지요."

하지만 쉽지 않을 거라는 걸 노형진은 알 수 있었다.

"복수의 완성이라……."

송정한은 어렵다는 듯 턱을 문질렀다.

"너무 힘든 거 아닌가?"

"그렇지요?"

기업을 사 온다?

그건 복수의 완성이 아니라 거래가 될 것이다.

그러면 망하게 한다?

그렇게 하기 전에 다른 기업이 그곳을 사 버릴 것이다.

그렇다고 돈줄을 막는다?

이미 막혀 있는 상황이다.

"결국 유 회장님이 원하는 건 자신이 성화를 죽였다는 타이틀인데……."

"힘든 조건이군요. 그것도 기업 간의 거래에서요."

기업 간의 거래에서 상대방을 완전히 끝장냈다는 타이틀을 얻는 것은 불가능에 가깝다.

쓰러트리는 데 일조했거나 주원인이 될 수는 있지만, 완전히 끝장냈다는 것은 개념이 전혀 다르니까.

"이해를 못 하는 바는 아니지만……."

송정한은 약간은 곤란한 표정으로 말했다.

의뢰이기는 하지만 너무나 힘든 의뢰다.

"더군다나 지금은 그동안과는 달라."

그동안은 다른 기업들이 눈치를 보면서 싸움에 안 끼었지만 지금은 질세라 너도나도 달라붙어서 물어뜯는 상황.

그러니 조금만 늦어도 쓰러트리는 것은 자신이 아닌 다른 기업이 될 것이다.

"거참, 그냥 쓰러지는 걸로 만족하시지."

송정한은 곤란하다는 듯 고개를 절레절레 흔들었다.

하지만 노형진은 유민택의 마음이 백번 이해되었다.

"그러면 복수가 아니거든요."

"복수가 아니다?"

"네. 사람들은 잘사는 게 복수라고 말하지만, 그건 복수가 아니라 그냥 정신 승리입니다."

자신이 잘살게 되면 그 힘으로 상대방을 쓰러트려야 복수지, 상대방보다 잘사는 것만으로 복수가 이루어지는 게 아니다.

"생각해 보세요. 원한은 원래 피해자가 기억하지, 가해자가 기억하지는 않습니다."

즉, 자신이 잘살게 되어서 그를 찾아가도 가해자는 기억도 못 하거니와, 기껏해야 자기보다 못살던 찐따가 잘살게 되어서 배가 살짝 아픈 정도일 뿐이다.

"그건 복수가 아니죠."

상대방이 아무런 고통도 받지 않는데 무슨 복수가 된단 말인가?

복수를 완성하기 위해서는 최소한 그가 고통받고 있다는 것을 두 눈으로 봐야 한다.

"그리고 유 회장님은 그걸 원하고 있는 걸 겁니다."

"그런가?"

"최악의 경우 이 상황에서, 이번 사건을 벌인 김씨 일가는 떵떵거리면서 잘살게 될 겁니다."

"하긴, 부자는 망해도 삼대는 간다는 말이 있지."

어차피 회사를 팔면 그 돈은 성화로 가게 된다.

물론 성화에서 그 돈으로 월급을 지급하거나 빚을 갚아야 하지만, 현실은 그렇지 않다.

"상당수는 그들이 빼돌릴 겁니다."

"그러겠지."

김씨 일가는 분명히 그 돈을 빼돌릴 테고, 기업은 넘어가도 그들은 떵떵거리면서 잘살 수 있다.

"그게 가능해?"

"웃긴 일이지만 그게 가능해."

이게 주식회사의 약점이다. 기업이 망해도 그들은 돈을 빼돌려서 감춰 둘 수 있다.

"그런 경우는 많아. 도리어 고의적으로 그러는 놈들도 있지."

"고의적으로?"

"그래."

투자를 받거나 여러 가지 방식으로 외부에서 자금을 가지고 온 후에 그 돈을 빼돌려서 기업을 망하게 하는 것이다.

그리고 그 후에 잠깐 교도소에 갔다 오면 평생을 떵떵거리면서 살 수 있게 된다.

"으음."

"만일 복수를 원한다고 한다면, 성화보다는 김씨 일가에게 하는 게 정확하겠지."

"그건 쉽지 않을 텐데?"

노형진의 의견에, 조용히 듣고 있던 김성식이 끼어들었다.

"대기업이라는 곳은 구조적으로 왕정 국가와 마찬가지야. 특히 대한민국은 더 그렇지. 계열사 하나를 잃어버리는 한이 있어도 회장을 비롯한 지휘부를 지키는 데 결사적인 집단일세. '회장님, 힘내세요.'가 그냥 생긴 말이 아닐세."

"으음……."

'회장님, 힘내세요.'란 말은 모 회장이 법원에 출석할 때 그 집단에서 벌인 일이다.

회장이 공금횡령으로 재판받는데 해당 기업의 사람들이 몰려와서 그런 플래카드를 흔들었다.

"하긴 그때 아주 기가 막혀서 말이 안 나왔죠."

그 당시에 회장은 자산을 기부하는 조건으로 집행유예를 받았다.

그런데 그 자산이라는 것을 기부한 것은 회장 자신이 아니라 그 회장이 있는 기업이었고, 기업은 법적으로 그렇게 기부한 돈에 대해서는 세금을 내지 않게 되어 있다.

그러니까 회장은 땡전 한 푼 안 들이고 자신을 지키고 처벌을 면할 수 있었던 것이다.

"국민들은 그런 자세한 사정을 모르니까 문제야."

어차피 내야 하는 세금으로 반성한 것처럼 퉁 치고 그 후에 다시 불법으로 돈을 버는 형식은 오래전부터 있어 왔다.

범죄에 대한 책임은 개인이 져야 하지만 한국에서는 총수의 범죄라면 기업이 망하는 한이 있어도 결사적으로 보호한다.

그 결과 대한민국을 적대시하게 된다고 해도 말이다.

"그래서 대룡이 성화를 공격한 것이고 말이야."

"음……."

"아무리 성화가 몰락했다고 해도 과연 그들이 김씨 일가에 대한 보호를 멈출까?"

"그럴 리 없겠군요."

"그래. 우리나라의 대기업은 기업이라기보다는 일본의 일왕제와 가까워. 나라가 망하는 순간까지 보호하려고 하지."

2차대전 당시 일본은 무조건항복 하지 않았다.

모든 것을 다 포기하면서도 포기하지 않은 것이 있는데, 그것이 바로 일왕.

그들의 표현에 따르면 '천황의 대한 보호'였다.

결국 전쟁을 일으킨 그들의 왕은 전범으로서 처벌받지도 않았다.

"결국 직접적으로 보복하려고 한다면 그들이 성화의 지배자 자리에서 물러나야 한다는 뜻이군요."

"그렇지."

"끄응."

물론 성화가 몰락한 후에도 처벌의 기회는 있을 수 있다.

그러나 그렇게 된다면 그들은 횡령한 재산을 가지고 해외로 도망갈 게 뻔하다. 우리나라의 기업들은 대부분 그런 식이니까.

"확실하게 보복한다는 건 쉬운 게 아니군요."

"흠."

노형진은 그렇게 말하면서 머리를 북북 긁었다.

때마침 문이 열리면서 들어오는 무태식 변호사.

"오, 늦었구만. 차가 많이 막힌 모양이지?"

회의가 있다는 걸 알면서도 늦은 무태식에게 별말 하지 않는 송정한.

그런데 무태식의 표정이 영 좋지 않았다.

"문제가 생겼습니다."

"문제? 무슨 문제?"

"지금 오면서 라디오에서 들었는데……."

"라디오?"

갑자기 라디오를 언급하는 무태식의 말에 어리둥절한 표정이 되는 사람들.

무태식은 말보다는 확실하게 보여 주는 것이 좋다고 생각한 것인지 회의실에 연결된 컴퓨터를 켜더니 뭔가를 찾아서는 화면을 돌렸다.

그 화면에는 누구도 생각하지 못한 글자가 떡하니 떠 있었다.

　정부, 성화에 공적 자금 투입. 그 금액은 8천억대가 될 것으로
예상

사람들의 얼굴은 사색이 되어 갔다.

⚖

"이런 미친 새끼들!"
유민택은 분노하고 있었다.
정부가 끼어들었다.
지금까지 정부는 알게 모르게 성화의 편을 들어 줬다. 하
지만 이번에는 아예 감출 생각도 없는지 대놓고 지원해 주겠
다고 발표한 것이다.
"정부의 말이 틀린 건 아닙니다. 성화는 작은 기업이 아니
니까요."
"아무리 그래도 그렇지, 이게 무슨 뜻인지 모르겠나!"
"모를 리가요. 압니다. 그래서 문제인 거죠."
만일 성화의 문제가 단순한 자금 경색이나 자본금 잠식이
라면 공적 자금의 투입은 상당히 도움이 될 것이다.
그러니 그런 상황에서의 자금 투입은 이해가 간다.

하지만 지금 성화의 문제는 뜯어먹으려고 달라붙는 다른 기업들의 공격과, 전쟁 중인 대룡과의 싸움에서 밀리고 있다는 것이다.

"8천억을 준다고 한들 결국 산소호흡기만 달아 두는 건데!"

상대방이 대룡만이라면 모를까, 대한민국의 어지간한 대기업은 모조리 뜯어먹기 위해서 달라붙은 이상 고작 8천억 가지고 방어한다는 것은 말도 안 되는 소리다.

"아마도 크게 한탕 하고 가려는 것일 겁니다."

"크게 한탕?"

"네. 우리가 아무리 공격한다고 해도 그들이 쌓아 둔 인맥은 무시할 수 있는 게 아니니까요."

"그게 무슨 소리인가?"

"말 그대로입니다. 그들은 정부의 공적 자금을 빼돌릴 생각일 겁니다."

"뭐라고?"

"공적 자금은 기업이 살아날 가능성이 있을 때 지원하는 겁니다."

하지만 성화는 살아날 가능성이 없다.

이 바닥에 조금이라도 관심이 있는 곳이라면 그것쯤은 안다. 정부가 그걸 모를 리 없다.

"하지만 공적 자금은 투입되었지요. 그동안 성화가 뿌린 뇌물의 라인을 총동원해서 한 걸 겁니다."

"어째서?"

"못 이기니까요. 김씨 일가의 성향을 봐서는, 그 공적 자금을 그대로 빼돌릴 겁니다."

공적 자금과 지금 남아 있는 재산을 빼돌린다면 못해도 2조대 이상의 재산을 만들 수 있고, 그 돈은 자신들을 지켜 주는 강력한 방패가 될 것이다.

더군다나 그 돈을 가지고 한국이 아닌 다른 나라로 간다면 그 돈을 빼앗길 가능성도 제로에 가깝다.

"미친놈들."

유민택은 분노할 수밖에 없었다.

그 돈이 어디로 갈지 알면서 공적 자금을 투입하는 정부의 행동에 이가 갈릴 지경이었다.

"애초에 예상하지 않았습니까?"

"이렇게까지일 거라고는 생각도 못 했지."

"시간이 지났으니 돈으로 꼬실 만한 사람을 더 찾았을 수도 있지요."

원래 정부는 성화의 편, 아니 김씨 일가 편을 많이 들어 줬다.

김씨 일가를 쳐 내기 위해서 주주들이 들고일어났을 때에도 정부에서 가진 주식들로 그들을 보호했다.

그 때문에 쿠데타는 실패했고 여전히 김씨 일가는 그 자리에 있었다.

만일 그때 성공했다면 성화가 무너지는 일은 없었으리라.

"8천억이라, 끄응…….."

성화의 한창때를 생각하면 터무니없이 작은 금액이지만 지금의 성황에게는 생명 줄이나 마찬가지다.

"그 돈이면 얼마나 버틸까요? 그래도 1년은 버티겠지요?"

"웃기는 소리. 다른 기업들이 그냥 두고만 볼 것 같나? 어차피 성화에 이빨을 드러낸 이상 전쟁하게 될 건 뻔한데. 길어 봐야 3개월이면 바닥을 드러낼 걸세."

"어떻게, 항의해 보시는 건 어떻습니까?"

"이미 해 봤네. 그런데 그들의 정당성 주장이 너무 확고해서…….."

"정당성 주장이라…….."

정부에서 주장하는 정당성은 간단하다.

바로 성화가 망하면 그곳의 실업자들은 어떻게 할 것이냐는 것.

"눈 가리고 아웅 하는 거군요."

"그래."

운영자들은 기업을 망치고 직원은 볼모가 되는 현실.

상식적으로 기업이 망한다고 해서 그 일자리가 날아가는 건 아니다.

상식적으로 성화가 망한다고 그들이 가진 공장과 부지 그리고 기계가 갑자기 뿅 하고 증발하는 건 아니니까.

그건 다른 기업으로 넘어갈 테고, 그들은 아무것도 모르는 직원들보다는 숙련공을 뽑는 게 정상이니 기업이 다른 곳에서 살 수 있는 상황이 아니라면 모를까, 지금처럼 성화가 가진 알짜 기업이라면 의미가 없다.

"결국은 돈을 챙겨 주겠다는 소리군요."

"빌어먹을 놈들!"

좋게 말해서 직장인 보호지, 사실상 가진 놈들이 돈을 횡령할 수 있게 도와주는 셈이다.

그렇게 지원해서 살아난다고 해도 그들이 바뀌는 것은 아니니 방만 경영만 늘어나는 것이 현실이고 말이다.

"한국의 고질적인 문제죠."

횡령하고 제멋대로 기업을 운영하다가 망하면 정부에서 주는 돈으로 다시 살아나고, 그 운영자는 또다시 똑같은 짓거리를 반복하는 도덕적 해이가 극에 달한 것은 책임을 묻지 않는 대한민국의 잘못된 문화에 기인한다.

그 운영의 책임을 묻고 경영자에게 구상권을 청구해야 하는데 기업은 기업대로 마치 왕 모시듯이 모시고, 정부는 정부대로 구상권을 청구할 생각이 눈곱만큼도 없다.

더군다나 지금 같은 경우에는 그 돈이 다른 기업들의 공격에 진짜 눈 녹듯이 사라질 거라는 것을 모르지는 않을 터.

"진짜로 그들에게 돈을 주고 도망갈 기회를 주려는 속셈은 아니겠지요?"

"글쎄."

부정을 할 수는 없다.

더군다나 지금까지 성화가 범죄로 걸린 수많은 사건들을 생각하면…….

"3개월이라……."

물론 3개월 정도는 버텨 봐야 성화가 망하는 것은 당연하고, 그건 상관없는 시간이기는 하다.

하지만 그 시간이면 성화의 김씨 일가는 전 재산을 빼돌려서 해외로 도망가고도 남는다.

'그걸 도와주겠다 이건데.'

노형진은 머리를 긁적거렸다.

이건 일종의 딜이다.

너희에게 돈을 주겠다. 그중 얼마를 나에게 달라.

만일 8천억이라면 그중 2천억 정도는 다시 이걸 지원해 준 사람에게 돌아가게 되어 있다.

"물론 그들이 그 돈으로 깔끔하게 빚을 갚거나 밀린 월급을 주면 좋은데……."

"하! 미쳤다고 그러겠나?"

"그렇지요?"

어차피 그들도 끝장난 상황이라는 것은 알고 있을 것이다.

그러니 그들은 그 돈으로 월급을 주기보다는 '우리가 이렇게나 어렵다. 그러니 기다려 달라.'라고 한 후에 그 돈을 이리저리 세탁해서 해외로 빼돌릴 것이다.

"빌어먹을."

김씨 일가를 생각하면서 유민택 회장은 이를 박박 갈았다.

당장이라도 심장에 칼을 박고 싶은데 그럴 수가 없다.

"어디 보자."

그런데 노형진은 씨익 웃었다.

"자네는 또 왜 웃나?"

"그냥, 세상이 참 웃긴 것 같아서요."

"세상이 참 웃기다니?"

"사실은 제가 김씨 일가를 공격할 마땅한 방법이 없었거든요."

"그런데?"

"저들 덕분에 알아차렸습니다."

"응? 그게 무슨 말인가?"

"말 그대로입니다. 저들을 공격할 방법을 정부 덕분에 알아냈다는 겁니다."

"방법이 있다고?"

유민택은 당황한 얼굴이 되었다.

이 황당한 상황에 자신은 어쩔 줄 몰라서 안절부절못했는데 노형진은 도리어 그걸 기회 삼아서 방법을 알아내다니?

"무슨 뜻인가?"

"정부에서 지원이 들어가도 직원들 월급은 안 줄 거라고 하셨지요?"

"그럴 걸세. 내가 아는 성화라면 말이야."

"그렇다면 직원들의 불만이 늘어나겠지요?"

"그렇겠지."

"거기에 현상금을 거는 건 어떨까요?"

"현상금? 무슨 현상금?"

"말 그대로입니다. 성화의 비리나 성화에 속한 직원들의 비리, 특히 상급자의 비리를 가지고 있는 사람에게 현상금을 거는 거죠."

"대놓고?"

"비리 고발에 대해서 포상금을 주는 행위는 불법이 아닙니다."

"어? 그래?"

"네."

비리를 이용해서 포상금을 주는 것은 불법이 아니다.

다만 그 비리를 이용해서 협박을 하거나 돈을 뜯어내거나 하면 불법이 된다.

"그러면 무슨 의미가 있단 말인가?"

"그리고 정보를 거래하는 것은 불법이 아니지요."

"그래서?"

"만일 우리가 정보를 그렇게 얻어서 타인에게 매각한다면 어떻게 될까요?"

"그게 무슨 말도 안 되는……."

말을 하던 유민택은 뒤통수를 맞은 느낌이었다.

생각해 보니 불가능한 것은 아니었다.

"개인의 비리나 범죄행위를 고발하는 것은 불법이 아닙니다."

노형진의 계획은 간단하다.

지금 몇 달째 월급을 받지 못하는 직원들의 불만은 엄청날 것이다.

거기에다가 그들도 상황이 그러니 성화의 몰락을 현실로 받아들이고 있을 것이다.

"거기에다가 적지 않은 현상금과 더불어 대룡으로의 취업을 보장해 준다면?"

"적지 않게 오겠지."

"우리는 그걸 가지고 쥐고 흔들 수 있게 되겠지요."

만일 심각한 범죄라면 고발할 수 있다.

본인이 직접 하지 않더라도 그들에게 원한을 가진 누군가에게 제공하는 것은 가능하다.

위법행위에 관한 사실을 제보하는 것은 불법이 아니다.

"이도 저도 안 되면 협박 전문 범죄자들에게 넘기는 것도 가능하지요. 물론 그건 극비리에 해야겠지만."

"그러면 내부에서 무너지겠군."

"제가 노리는 게 그겁니다."

모든 기업은 직급 형태로 되어 있다. 그리고 누군가 범죄를 저지르면 또 다른 누군가는 알게 되어 있다.

만일 그 또 다른 누군가가 범죄를 신고하면, 누군가는 감옥에 갈 수밖에 없다.

"하급직은 자신이 살아야 하니 거리낌이 없는 반면, 중간직부터는 소위 말하는 똥줄 타는 상황이 될 겁니다."

직원 한 명이 그만둘 때마다 그 직원이 자신의 비밀을 가지고 간 게 아닐까, 자신을 고발한 게 아닐까 하는 고민을 하게 된다.

"하지만 모든 직원들이 그걸 고발하는 사람은 아니겠지요."

"그렇겠지."

"그러니까 우리는 공식적으로는 성화의 직원을 경력직으로 채용하면 됩니다."

"큭…… 크하하하! 크하하하하!"

성화의 직원을 경력직으로 채용한다.

그럼 그들이 과연 비밀을 가지고 취업한 걸까, 아니면 경력직으로 취업한 걸까?

그건 누구도 알 수가 없다.

당연히 성화 내부는 발칵 뒤집힐 것이다.

"적당히 증거가 모이면……."

"중간 계층을 털어 낼 수도 있겠군."

"네. 그리고 아시다시피 그러한 중간 계층이 움직여야 성화의 김씨 일가는 재산을 빼돌릴 수 있을 겁니다."

그런 식으로 위로 올라가다 보면 누군가는 김씨 일가를 배신하고 이쪽에 붙어 버릴 것이다.

어차피 망하는 거, 차라리 대룡에 붙어 버리겠다는 생각을 할 수밖에 없다, 최소한 대룡에 붙어 버리면 자신의 약점을 대룡이 이용하지는 않을 테니.

"김씨 일가들의 약점도 적지 않게 나오겠군."

"그렇지요. 그렇다고 지금의 성화가 신입 사원을 대거 뽑을 상황은 아닙니다."

있는 사람들에게도 돈을 주지 못하는 상황에서 신입을 뽑을 수는 없다.

그렇다고 그냥 버티자니 일하는 사람이 극단적으로 줄어들면 과로로 퇴사하는 사람이 더 많아질 테고, 그들은 경력직을 뽑는 대룡으로 몰릴 것이다.

그럴수록 중간 계층의 동요는 점점 심해질 테고…….

"확실하게 그놈들의 숨통을 끊어 버릴 수 있겠군."

유민택의 눈에서는 불이 뿜어져 나왔다.

자신이 원하는 복수의 최종장. 자신이 성화의 숨통을 쥐고 흔들 수 있는 그 힘.

드디어 그 길이 보이기 시작한 것이다.

⚖️

"씨발…… 또 안 들어왔어."

성화의 직원들은 불만이 가득했다.

월급이 꼬박꼬박 들어와야 살아갈 수 있는데 월급이 안 들어오고 있었다.

들어와도 다 들어오는 게 아니라 딱 그달 치 월급, 그것도 야근을 뺀 기본 수당만 들어오곤 했다.

"벌써 5개월 치가 밀렸다고."

"씨발, 씨발."

"지금이라도 이직해야 하는 거 하는 거 아냐?"

"어디로?"

"하아……."

이미 성화의 상황이 안 좋다는 것은 사방에서 드러나고 있었다.

중소기업도 아니고 성화쯤 되는 대기업이 월급을 못 줄 정도면 정상적인 상황은 아니다.

더군다나 얼마 전에 뉴스로 공적 자금이 8천억이나 들어왔다는 것을 알고 있는데도 안 들어왔다.

물론 지금 상황이 좋지 않다는 건 알고 있지만…….

"씨발…… 우리는 뭐 어쩌라고."

회사 사정이 어떻든 간에 가족들을 먹여 살려야 하는 직원들의 입장에서는 좋은 소리가 나올 리 없다.

"그러고 보니 내 동기 녀석이 어이없어하더라."

"뭘?"

"내 동기가 총무 팀에 있잖아."

"그런데?"

"그 돈이 대부분 신형 장비 구매 비용으로 들어갔다던데?"

"아니, 뭔 개 같은 짓거리야? 이 상황에 무슨 신형 장비야?"

신형 장비 한두 개 들여온다고 회사가 살아날 수는 없다.

아무래도 실무를 하는 직원들이다 보니 대부분의 사람들은 사정이 어떤지 너무나 잘 알고 있었다.

물론 경쟁이 심한 상태에서는 엄청난 도움이 된다.

하지만 지금 중요한 것은 돈 그 자체다. 장비를 사는 게 아니라 그 돈으로 빚을 갚는 것이 더 중요하다.

그 돈으로 빚을 갚으면 1년에 이자 800억은 아낄 수 있다.

그 돈이면 자신들에게 월급을 줄 수 있고, 직원에게 월급을 줄 수 있다면 회사는 좀 더 살아남을 수 있다.

그건 상식이고 또 유일한 생존 수단이었다.

"그런데 기계? 기계?"

무슨 기계를 사든 결국은 생산량을 늘릴 뿐이다.

지금의 문제는 생산량 부족이 아니라 말 그대로 자본의 부족인데 새 기계를 사다니.

"차라리 이직하는 건 어때?"

"씨발…… 나도 그러고 싶다고. 하지만 어디로? 막말로, 지금 이직한다고 성화 규모의 대기업에서 우리를 받아 줄 것 같아? 공장이야 받아 주겠지만 우리 같은 사무직은 답이 없다고."

친구는 갑자기 목소리를 팍 낮췄다.

"대룡은 받아 준다는데?"

"뭐?"

대룡 이야기가 나오자 깜짝 놀라서 함께 목소리를 낮추는 동료.

성화 내부에서 대룡이라는 이름은 언급해서는 안 되는 그 무언가였다.

그런데 그곳으로 이직이라니, 난리도 그런 난리가 없다.

"너 뉴스 좀 보라니까. 대룡에서 정부의 시책에 적극적으로 동참하는 의미로 성화의 인력 중 일부·경력직을 받아 준다고 했다고."

"대룡이 미쳤나? 아니, 스파이가 가면 어쩌려고?"

"씨발, 이 상황에 스파이가 중요해? 내가 스파이라도 다 때려치우고 대룡에 가겠다."

"으음……."

친구는 침묵을 지켰다.

그럴 수밖에 없는 것이, 그동안 말로만 들었던 대룡과 성화의 싸움에서 성화가 확실하게 밀리고 있다는 것을 자신의 월급으로 느끼고 있었던 것이다.

"대룡에서는 정부에서 직원들을 구제하기 위해서 8천억이나 지원하는데, 같은 한국 기업으로서 경력직 선발 정도는 도와줄 수 있다는 입장이야. 물론 비상시국이고 부정기적인 인사라 성화 소속에 우선권을 준다고 하지만."

"대룡이 미쳤나?"

전쟁 중인 상대방 기업의 인력을 빼 온다?

"소문으로는 이미 유능한 인재는 사바사바 다 해 둔 모양이야. 핑계라는 거지."

"사바사바?"

"그래. 대룡이 바보냐, 개나 소나 다 받아 주게?"

"으음……."

그러고 보니 그렇다.

아무리 대룡이라고 해도 성화의 사람들을 다 받아 줄 수는 없다.

결국 한정된 사람들만 받아야 하는데, 그렇게 된다면 일단 우선권을 가진 건 유능한 사람들이라는 소리다.

"유능한 애들이 빠져나가면 막장이 되는데."

"내 말이."

기업이라고 해서 모두가 똑같이 일하는 건 아니다.

세 명이 있으면 유능한 사람 한 명이 50을 채우고 나머지가 25씩 채워서 100이 되는 것이다.

그런데 그 유능한 사람이 빠지면 나머지가 과연 100을 채울 수 있을까?

그건 불가능하다. 능력이 안 된다.

"사람을 다시 뽑을까?"

"미쳤냐? 지금 있는 애들도 감당 못 해서 월급 못 주는데

새로 뽑겠어? 오죽하면 대룡에서 일부를 흡수하겠다는 소리
를 하겠어?"

"으음……."

"결국 유능한 사람들이 가고 나면 남은 건 그저 그런 인간
들뿐이라고."

"씻팔……."

가뜩이나 힘든 상황에서 유능한 사람들이 빠지면 그건 진
짜 답이 없다.

기분 나쁘기는 하지만 사회생활을 한 그들의 경험상 부서
에서 유능한 사람 한 명이 빠지면 부서가 개판 된다는 건 부
정할 수 없는 현실이다.

"그러면 어쩌지?"

그는 자신이 유능한 타입이 아니라는 것을 안다.

인서울대를 나온 것도 아니고, 하다못해 경기도권도 아니
다. 지방에서 운 좋게 성화에 들어온 것뿐이다.

그러니 50%를 하는 사람이 자신이 아니라는 것을 알고 있다.

"성화에서도 그래서 여유 티오가 좀 있다던데?"

"여유 티오?"

"그래. 그렇잖아, 유능한 사람만 쏙 빼 가면 너무 티가 나
잖아?"

"하긴, 우리와 전쟁 중이니 인재 빼 가기라는 소리가 안
나올 리 없지."

"그래서 여유 티오가 좀 있나 봐. 물론 우리가 다 갈 만큼은 아니지만."

"으음……."

심각하게 고민하는 남자.

그럴 수밖에 없는 게, 다 갈 만큼이 아니라는 것은 결국 선착순이라는 뜻이기 때문이다.

"그리고 갈 때 선물 좀 가지고 가면 좋아한다더라."

"선물? 뭐 기업 비밀이라도 빼 가라 이거야? 얌마, 그건 범죄야."

"아니, 그거 말고. 큰일 날 소리 하고 있어."

사색이 되는 친구.

그는 그게 아니라는 듯 고개를 휘휘 저었다.

"우리 상관이나 윗대가리 중에 뭐같이 행동하는 새끼들 있잖아."

"그렇지."

"그 새끼들 범죄를 증명할 수 있는 걸 가지고 오면 보너스도 준대."

"보너스?"

"응, 최하 2천에서 최고 5천까지."

그의 눈에 불똥이 튀었다.

절대 적은 돈이 아니다.

자신이 2천만 원을 모으려면 못해도 2년은 죽어라 일만 해야 한다. 말 그대로 숨만 쉬어야 모을 수 있는 돈이다.

"진짜야?"

갑자기 목소리를 낮추는 남자.

"그래. 너, 전에 너희 과장 지랄 같다고 했지?"

"씨발 새끼."

그는 절로 욕이 나왔다.

한국 최고라고 자부하는 한국대를 나온 그의 과장은 속칭 지잡대를 나온 그를 사람 취급하지도 않았다.

대놓고 무시하고 창피 주며 병신 취급을 했고, 공공연하게 왕따를 시켰다.

만일 성화라는 타이틀, 대기업이라는 타이틀이 없었으면 그만둬도 벌써 백 번은 그만뒀을 것이다.

"그거 가지고 오면 상금도 준대."

"목적이 너무 뻔하잖아."

"우리가 알 게 뭐야?"

"하긴 그러네."

어차피 상황은 글러 먹었고, 월급은 언제 나올지도 모른다.

거기에다 성화가 망하는 건 기정사실화되고 있는 상황.

그들이라고 바보는 아니니까.

"같이 가자."

"같이라니?"

"우리 이 부장, 바람피우잖아."

"헉!"

눈을 데굴데굴 굴리는 남자.

"우리 과 김 대리랑 바람피우는 거 모르는 사람 있나?"

"어…… 그런가?"

"그거 들고 가자."

"너도 알지, 내가 김 대리한테 얼마나 공들였는지?"

"알지."

그런데 그 이 부장이라는 녀석이 돈으로 처발라서 빼앗아
가 버렸다.

차라리 진심으로 만나는 거라면 이해라도 하겠는데 그냥
잠자리 상대 그 이상도 그 이하도 아니었다.

그럼에도 불구하고 김 대리라는 여자는 돈을 따라서 그에
게 갔고, 그 꼴을 본 친구는 깔끔하게 마음을 접었다.

"씨발, 내가 뭐 같아서 이만 박박 갈았거든."

"근데 그건 친고죄 아냐?"

"알 게 뭐야, 씨발. 뭐든 가지고 오라잖아."

"하긴."

알 게 뭔가. 자신이 이직하면서 보너스를 받을 수 있다면
상관없다.

"야, 근데 좀만 기다리면 안 되냐?"

"왜?"

"과장 뒤 좀 털어 봐야겠다. 그 새끼, 뭔가 있을 거 아냐."

이것이 법이다

"그렇겠지? 빨리해라. 이도 저도 안 되면 내가 먼저 가서 사정 이야기하고 자리 하나 비워 달라고 할게."

"그럴래?"

"그래."

"땡큐, 땡큐!"

친구의 말에 그는 두 손으로 그의 손을 잡고 흔들었다.

"나 들어간다. 아, 당분간 나 찾지 마! 그 새끼 털어 낼만 한 거 찾을 때까지 야근이다."

"알았다."

친구가 들어가는 것을 보면서 그는 미소를 지었다.

"좋아, 한 건 했고."

사실 그는 성화에 심긴 스파이였다. 그러니 평소에 기업에 불만을 가지고 있는 사람들을 골라내는 것은 어려운 일이 아니었다.

그들은 조금만 자극하면 옮겨 갈 테고, 그때부터는 자연스럽게 작전이 시작될 것이다.

'어차피 나도 이제 슬슬 돌아가야지.'

성화는 더 이상 버틸 수 없다는 걸 아는데 굳이 스파이 노릇을 계속할 이유는 없다.

어차피 자신은 주요 정보에 접근할 수 있는 사람이 아니니 이때쯤 해서 분위기 선동 차원에서 빠져 주는 것이 현명한 선택이었다.

'자, 그러면 다음은 누구를 찾아가 볼까?'

그는 회사에 불만이 많은 사람들의 목록을 기억해 내기 위해서 애쓰기 시작했다.

"이걸로도 돼요?"

한 여직원은 불안한 듯 주변을 두리번거렸다.

나쁜 일을 하는 것도 아닌데 마치 나쁜 일을 하는 것처럼 심장이 미친 듯이 두근거렸다.

"제법 꼼꼼하게 정리하셨네요. 녹음 파일도 있고."

"더러워서 그만두려고 했거든요."

"아아."

그녀는 회사에 들어가서 열심히 일하려고 했다. 하지만 과장이라는 놈이 얼마나 끈질기게 성희롱을 하는지, 도무지 다닐 수 있는 수준이 아니었다.

"그만둘 때 그만두더라도 엿은 먹이자는 심정이었어요."

"그래서 모으셨군요."

"네."

노형진은 화면을 보면서 피식 웃었다.

몰래 컴퓨터에 달아 둔 캠으로 은근슬쩍 자신을 만지작거리는 장면을 촬영하고 음담패설을 하는 말을 녹음까지 한 걸 보니 어지간히 쌓인 게 많은 모양이었다.

'하긴 성화 같은 억압적인 분위기의 기업은 이런 일이 많지.'

하물며 대룡조차 노형진이 나서서 한번 싹 털어 냈을 때 어마어마한 수의 중간 계급이 빠져나가야만 했다.

그런 쪽으로 깨어 있는 대룡조차 그 지경이었으니, 아랫사람은 시키면 시키는 대로 해야 하는 성화의 문화에서 이딴 악습이 고쳐질 리 없다.

"이 정도면 충분하겠습니다."

노형진은 웃으면서 서류를 탁탁 덮었다.

"그러면?"

"대룡에 오신 것을 환영합니다."

여자의 얼굴이 환해졌다.

"언제부터 출근하면 되죠?"

"일단은 나가면서 취업 계약서를 작성하세요. 그래야 확실해지죠."

"아차차!"

"그리고 출근은 두 달 후부터 하시면 될 겁니다."

"네? 왜 그렇게 오래……?"

"저희도 자리를 만들어야 하니까요. 물론 성화를 바로 그만두시든 그곳에 있다가 그만두시든, 그건 원하는 대로 하시면 됩니다."

"음……."

그녀는 잠깐 고민하다가 뭔가 생각난 듯 노형진을 바라보았다.

"그러면 증거가 많아지면 보너스도 많아지는 건가요?"

"그럼요."

"그러면 한 달은 더 다니겠어요."

나머지 한 달은 좀 쉬고 싶었던 그녀의 결정이었다.

"저희는 상관없습니다. 언제든 환영하니까요."

그녀는 웃으면서 자리를 떠났다.

그리고 노형진이 바깥으로 나오자 다른 방에서 손채림이 나오면서 서류를 왕창 넘겼다.

"이건 또 뭐야?"

"이건 음주 운전, 이건 폭행, 이건 성희롱, 이건 모욕."

"헐?"

"이게 다 한 명 거다."

"미친. 계급이 뭔데?"

"이사."

"쿨럭!"

"비서가 때려치우면서 그동안 모아 온 거 다 털어 왔던데."

"비서가 작심했나 보네."

"이 꼴이면 나 같아도 작심하겠다."

"하긴."

알게 모르게 소문이 나면서, 내부에서는 윗대가리에 대한

은밀한 추적이 계속되고 있었다.

일부는 이미 증거를 가지고 있었지만, 대부분은 증거가 없었기 때문에 증거를 모으고 있는 상황이었다.

"이거 까발리면 성화 골치 좀 아프겠어."

"그러라고 하는 거야."

"그렇기는 한데."

가득한 기록들을 보면서 손채림은 고개를 절레절레 흔들었다.

도대체 인간이라는 작자들은 왜 위에 올라가면 이 꼴이 되는 건지.

"야, 근데……."

"응?"

"이거 잘못 온 거 아냐? 이사가 여자인데?"

"여자 맞아."

"응?"

"이사가 여자에, 피해자는 남자야. 도대체 여자가 뭐가 아쉬워서 남자를 성희롱하냐? 미친 거 아냐?"

"막장이네."

"맞아. 막장이네."

그 둘은 서로의 말에 맞장구를 칠 수밖에 없었다.

자업자득이라는 건 이런 것

처음에 성화는 대룡의 말에 개소리한다고 생각했다.

성화 출신 경력직 채용이라니. 아무도 안 갈 거라고, 그들은 믿어 의심치 않았다.

그러나 그들의 생각과는 다르게 적지 않은 인원이 그쪽으로 옮겨 갔다.

그래 봤자 한 줌도 안 되는 인원인지라 성화는 그다지 신경 쓰지 않았다.

그러나 얼마 후 들린 소문은 순간 그들의 입을 턱 막을 수밖에 없는 것이었다.

"증거?"

"네, 성화에서 증거를 가지고 오면 보상금을 준답니다."

"뭔 개소리야! 왜! 그거 산업스파이 아니야!"

김두필은 길길이 날뛰었다.

그럴 수밖에 없었다.

아버지 김일성은 본사를 빼앗겼다는 사실에 충격을 먹고 입원했다.

김두성은 후계자 경쟁에서 밀어내는 데 성공했기 때문에 이 자리에 올 자격이 되지 않았고, 김두만은 후계자 자리에서 밀려서 공식적으로는 소말리아 지부로 가 버렸다.

하지만 소말리아 지부라는 곳은 없으니 결국 아무것도 하지 못하고 그저 처박혀 있을 뿐이었다.

그러니 자신의 세상이라 생각했다.

그런데 자신의 세상이 무너지고 있었다.

"그게…… 산업스파이가 안 된답니다."

"뭐라고?"

"그들이 모은 건 산업 정보가 아니라 범죄 이력이기 때문에……."

범죄는 산업 정보에 들어가지 않는다. 그렇다면 누구도 내부 고발을 하지 못하게 된다.

그래서 범죄를 모아서 신고하는 것은 산업스파이가 될 수가 없다.

설사 그 대상이 특정 기업의 임직원이라고 해도 말이다.

"그럼 다른 걸로 신고해야 할 거 아냐!"

"그게…… 모으고 있다는 건 알고는 있지만 뭘 가지고 갔는지 알 수가 없습니다."

"알 수가 없다?"

"네."

"그럼 어떻게 안 거야?"

"소문이 파다하게 났습니다."

애초에 비밀리에 한 것도 아니고 대놓고 떠들고 다녔으니 소문이 안 날 수가 없다.

사실 이들이 알아차린 게 늦은 거지 감추려고 한 게 아니다.

이직을 마음먹은 사람들이 증거를 모으기 위해서 조용히 다니면서 매의 눈으로 바라보았기 때문에 소문은 이직하려는 하위직에만 났지, 위로 올라가지 않은 탓이었다.

"그러면 대응책은?"

김두필은 식식거리면서도 대응책을 물었다.

대룡이 왜 그런 짓거리를 하는지는 모르지만 하나는 확실하다. 절대로 자신들에게 유리하라고 하는 것은 아닐 것이다.

"그게……."

그런데 이사들은 아무런 말도 하지 않고 그저 침묵만을 지킬 뿐이었다.

"대응책! 말하란 말이야, 대응책!"

"사장님, 현 상황에서는 마땅한 대응책이 없습니다."

"뭐?"

"그들이 뭘 가지고 갔는지도 모르고, 누구 걸 가지고 갔는지도 모릅니다. 그런 상황에서는 대응을 할 수가……."

"이런 미친!"

맞는 말이다.

대응이라는 것은 최소한 표적이 정해져야 가능한 것이다. 그런데 현 상황에서는 표적이 누군지 알 수가 없다.

"뭐든 해야 할 거 아냐! 명예훼손이든 아니면 업무방해든 모욕이든!"

"업무에 관련된 범죄라고 해도 무조건 업무방해가 되지는 않습니다. 도리어 범죄를 신고하는 거니까요. 모욕죄는 다른 사람들 앞에서 그걸 떠들었다는 증거가 있어야 하는데 그런 것도 없고, 명예훼손은 사실 적시에 의한 명예훼손 같은 것은 가능하기는 한데……."

"한데?"

"그걸 한다는 건 자기가 범죄를 저질렀다는 것을 인정하는 꼴이 되기 때문에……."

"그럼 거짓에 의한 명예훼손이라도 하면 되잖아!"

"그것도, 저쪽이 어떤 식으로든 나와야 하는데 그렇게 나온 게 없어서……."

그쪽은 아무런 말도 하지 않고 있다. 그저 꾸역꾸역 정보를 모으고 있을 뿐.

"이런 개 같은……."

"현 상황으로는 일단은 기다리는 수밖에……."

김두필은 부들부들 떨면서 분노를 삼킬 수밖에 없었다.

"이혼소송요?"

"그렇습니다."

노형진은 한 집안을 찾아갔다. 그리고 평안한 가정에 핵폭
탄을 던졌다.

"이게…… 사실입니까?"

"저희가 증거까지 가지고 오지 않았습니까?"

"이……."

여자는 분노로 부들부들 떨었다.

그럴 수밖에 없는 게, 눈앞에 있는 사진에 어떤 여자와 자
신의 남편이 나란하게 모텔로 들어가는 모습이 찍혀 있었기
때문이다.

"이, 이게……."

"그것 말고도 증거는 많습니다."

"다, 당신들……."

"저희는 증거를 모아서 소송을 대리하는……."

노형진이 채 말을 끝내기도 전에 그의 고개가 반대쪽으로
확 돌아갔다.

"헉!"

손채림은 그걸 보면서 눈을 크게 떴다.

"꺼져."

"……."

"꺼지라고! 내 말 안 들려!"

여자는 부들부들 떨면서 말했다.

극도의 흥분 상태.

노형진은 그런 그녀에게 자신의 명함을 내밀었다.

"법무 법인 새론입니다. 필요하시면 찾아 주시길."

"꺼져!"

그녀는 미친 듯이 소리를 질렀고 노형진은 뒤돌아보지 않고 바깥으로 나왔다.

"괜찮아?"

선명하게 손자국이 남은 얼굴을 보면서 손채림이 안타깝게 물었다.

"남의 집안 하나 박살 내는 값치고는 상당히 싸지."

노형진은 미안한 듯 고개를 돌려서 방금 나온 아파트를 바라보았다.

"그렇기는 한데……."

"이제 슬슬 소문이 나겠지."

노형진은 내부부터 무너트릴 생각이었다.

그 첫 번째가 바로 가정.

"수신제가 치국평천하라는 말이 있지."

집안이 시끄러우면 어떤 사람도 제대로 일을 하지 못한다. 특히나 이혼소송 같은 경우에는 답이 없이 무너진다.

지금 갔다 온 곳은 성화의 이사의 집이다. 이사와 함께 사진이 찍힌 그 여자는 내연녀이자 비서이고.

"아마 내일이면 회사가 발칵 뒤집히겠지."

"잔인하다."

"뭐, 잔인하다면 잔인한 건데, 자기들이 선택한 책임을 돌려받는 거야. 상식적으로 생각해 봐. 바람을 안 피웠다면 이런 협박이 먹히겠어?"

"안 먹히지."

"그러니까."

자기가 바람피웠고 그 증거를 직원들이 모았다면, 아마도 제대로 된 일을 하지는 못할 것이다.

"그러니 우리는 그들을 뒤흔들기 위해서라도 이 짓을 해야 해. 그래도 나름 양심적이다. 털어 낼 재산이 있는 집만 가주잖아."

"그렇기는 하지만……."

그러면 여자는 이혼하더라도 적지 않은 위자료를 들고 나올 수 있다.

더군다나 이사쯤 되면 자녀는 대부분 성인이다. 그러니 이혼하는 데 문제가 되지 않는다.

"그러니 다음 집으로 가야지."

"몇 군데나 가려고?"

"못해도 다섯 군데는 가야 소문이 쫘악 돌지 않겠어?"

"다섯 군데라……. 오늘 여럿 다치겠네."

"자업자득이지."

그들이 바람을 피우거나 범죄를 저지르지 않았다면 이런 일로 인해서 고통받는 일도 없었을 것이다.

"자, 다음 집으로 가자."

"네 뺨에 불나는 것도 자업자득이다."

"으윽, 비겁하게 팩트 폭력이냐."

손채림의 말에 노형진은 화끈거리는 뺨을 어루만지면서 한숨을 쉬었다.

아무래도 오늘은 얼굴에 불이 좀 날 것 같았다.

성화에서는 난리가 났다. 그동안 소문으로만 돌던 사실이 진짜로 알려진 것이다.

직원에 대한 비밀을 가지고 오면 대룡에서 포상금을 줄 뿐만 아니라 고용까지 보장한다.

터무니없는 말이지만 이미 대룡으로 옮겨 간 사람들이 한두 명이 아니었고, 그들 중 누가 어떤 비밀을 가지고 갔는지 확실하지가 않았다.

그런데 그런 와중에 새론에서 바람을 피운 사람들의 남편이나 아내에게 이혼소송 대리를 위해서 접근했다는 말이 퍼지면서 내부가 발칵 뒤집혔다.

"너, 지금 이직 생각하지?"

"아니라니까요!"

그리고 내부에서는 심각한 부작용이 발생했다.

바로 불신이다.

"웃기지 마. 네가 나를 보는 시선이 영 꺼림칙한데. 다 털었어."

"뭘 털어요?"

아무리 회사가 돈과 돈으로 맺어진 관계라고 하지만 서로 간의 믿음이나 관계가 없으면 그 내부의 상황에는 진척이 없다. 그런데 지금 그 믿음이 깨졌다.

"오늘은 여기까지 회의하지."

그런 것은 회사에 심각한 영향을 끼쳤다.

"회의를 벌써 끝내자고요? 과장님, 아무것도 결론이 안 났습니다만."

대리 한 명이 눈을 찌푸리면서 물었다.

어떻게 해서든 지금 상황을 벗어나기 위해서 방법을 찾아야 하는데 하는 둥 마는 둥 회의를 끝내다니?

"언제는 빨리 끝내 달라며?"

"그건 어디까지나 쓸데없는 소리 하지 말고 빨리 진행하자는 것이었지, 이런 식으로 대충 끝내자는 게 아니었습니다."

"너, 나한테 불만 있냐?"

"불만이 있는 게 아니라 사실이 그렇지 않습니까?"

"이 새끼가! 너 이직하려고 하지?"

"네?"

"안 그런 거라면 왜 나를 도발하는데?"

"과장님!"

대리는 어이가 없어서 입이 쩍 벌어졌다.

자신은 이직을 할 생각이 없다.

흔하지 않기는 하지만 그는 성화에 애사심을 가지고 있는 사람이었고, 그래서 어떻게 해서든 성화를 살리고 싶었다.

"전 이직할 생각이 없습니다."

"그런데 왜 자꾸 도발하는데?"

"아니, 성화를 살리려면 뭐든 방법을 찾아야 하지 않습니까?"

"웃기지 마. 네놈이 살리고 싶은 건 성화가 아니라 너 아니야?"

"아니에요!"

대리는 이를 악물면서 말했다.

그러니 이미 상하 관계의 믿음은 깨지고 있었고, 그걸 막을 수 있는 건 없었다.

"개소리하지 마! 지금 대롱으로 넘어간 김 대리, 그 새끼가 너 사수 아냐? 그 새끼한테 뭔가 들은 거지?"

"아니라니까요!"

"증거 있어?"

"아니, 없는 증거를 어떻게 만들어 냅니까?"

그들의 싸움을 보면서 다른 직원들은 절로 한숨이 나왔다.

어쩐지 성화의 끝을 보는 듯했기 때문이다.

⚖️

"안에서 하루가 멀다 하고 싸움이 벌어지는 모양이야."

유민택은 흡족한 얼굴이었다.

이번 계획을 위해서 여러모로 무리했다.

무려 2천억이나 따로 예산을 편성해야 했고, 새로 온 사람들을 배치하기 위해서 이리저리 자리를 만들어야 했기 때문이다.

그러나 효과는 확실했다.

"서로에 대한 믿음이 깨진 조직은 제대로 굴러가지 않지."

"그렇지요."

아무리 위가 잘났다고 해도 결국 조직은 아래에서 일해야 한다.

그런데 그 일을 해야 하는 아래가 무너지면 제대로 일이 굴러가지 않는다.

가령 어떤 실수를 했을 때 조직이 나서면 일은 쉽게 해결된다.

그러나 그걸 다른 놈이 대룡으로 가지고 갈까 두려운 나머지 감추기 시작하면 거짓말을 하게 되는데, 그 행동은 또 다른 거짓말을 부르게 된다.

그러면 결과적으로 호미로 막일 수 있는 것을 가래로도 막지 못하게 된다.

"성화의 전반적인 대응 능력이 떨어졌네. 확실하게 우리가 그들의 움직임을 봉쇄하고 있어."

유민택은 기쁜 얼굴이 되었다.

자신이 원하는 대로 되어 간다는 느낌.

물론 자세한 것을 모르는 일반 시민들은 대룡이 자신들과 싸우던 성화의 직원들조차 챙긴다면서 역시 대룡은 착하다는 생각을 하고 있지만 말이다.

"아직 싸움은 안 끝났습니다. 명단은 가지고 오셨나요?"

"여기 있네. 성화의 이사진 명단이네. 그런데 이건 왜? 이사들이 이런 문제로 움직일 것 같지는 않은데."

이사급쯤 되면 이런 일로 몸을 사리지는 않는다.

바람피우는 것? 대부분의 배우자들은 안다. 다만 모른 척할 뿐.

범죄사실? 이사급이면 다 아래에 뒤집어씌우도록 구도를 짜지 자신이 직접 나서지는 않는다.

"움직이지는 않겠지요. 하지만 이사들이 무너지면 성화는 치명적인 타격을 입을 겁니다."

"나도 알지. 그렇지만 그게 쉬운 일인가? 이사를 공격하는 것은 쉬운 게 아니야."

유민택은 고개를 절레절레 흔들었다.

"이사를 공격하는 건 쉬운 게 아니지요. 하지만 빌미를 만들어 주는 것은 어려운 게 아닙니다."

"빌미?"

"네."

"무슨 빌미?"

"이 중에서 제일 눈치 빠르고 의심 많은 이사가 누굽니까?"

"그거야 이 사람이지, 우제일. 우리의 추정으로는 더러운 일을 담당하는 놈인 것 같아. 증거는 없지만."

우제일은 딸랑딸랑을 잘하는, 즉 아부의 천재였다. 그 덕분에 그다지 큰 실적 없이도 이사까지 올라갈 수 있었다.

문제는 그게 그의 일종의 자격지심이라는 것이다.

그래서 주변에 대해서 의심도 많고 경계도 많이 한다.

"그러면 가장 유능하고 우제일과 사이가 안 좋은 사람은요?"

"사이가 안 좋은 사람이야 많지만…… 그중에서 능력을 가진 사람이라면 이 사람이지. 마동현."

우제일과 정반대의 타입인 사람이다.

우직하게 일만 하고 그 실적으로 위에 올라간 사람.

당연히 서로 극단적 끝에 있기 때문에 사이가 좋을 수가 없다.

더군다나 우제일은 철저하게 사용자 측을 대변하는 반면 마동현은 바닥에서 기어올라 간 사람이라 직원들을 대변하는 성향이 아주 강하다.

"의외군요. 그런 사람을 성화가 그냥 두다니."

"신망이 두터운 사람이야."

"그런가요?"

"그래. 자네 같으면 자신의 처지를 알아주는 상부를 싫어하겠나?"

"이해했습니다."

마동현은 아래에서 기어올라 갔고, 그래서 직원들의 복지를 위해서 많이 노력하는 사람이었다.

오로지 절감을 외치면서 복지는 안중에도 없는 우제일과는 반대이고, 당연히 수많은 직원들이 그를 지지했다.

"만일 마동현이 잘리면 내부에 평지풍파가 일어나겠군요."

"하지만 잘릴까? 이사일세. 쉽게 자르지는 않을 거야."

"말씀드렸다시피 잘리는 게 중요한 게 아닙니다. 우리는 내부에 분란만 일으키면 됩니다. 그러면 이 둘에게 작업을 걸지요. 그래도 한 명이 더 필요한데…… 음……."

노형진은 물끄러미 이사들을 바라보았다.

자신에게 맞는 사람을 찾아야 하니까.

'어떤 놈을 골라야 하나.'

여러 가지 작전이 있지만 그 상황에 따라서 효과는 다르다.

노형진이 그렇게 고민하는 것을 보던 유민택이 명단 중 하나를 스윽 밀었다.

"내가 고른다면 이놈을 고르겠네."

"남궁태만이라……. 이놈은 왜요? 그냥 본사도 아니고 계열사 이사 같은데."

"외부적으로는 그렇지."

"외부적으로는요?"

"그래. 우리 예상으로는 자금 담당이라 생각하고 있네."

"자금 담당?"

"그래. 그래서 그 아래에 우리 사람도 한 명 심어 놨지. 하지만 꼬리가 너무 짧아서 증거도 못 찾고 있어."

그냥 총무 팀 담당이라면 자금 담당이라고 표현하지 않았을 것이다.

애써 추천하지도 않았을 테고, 거기에다 스파이를 심지도 않았을 것이다.

"비자금이군요."

유민택은 고개를 끄덕거렸다. 아직은 의심일 뿐이지만 말이다.

"이 녀석을 추적하면……."

"아니요. 이 녀석을 추적하지는 않을 겁니다."

"뭐라고?"

"이 녀석이 추적할 겁니다, 공식적으로는."

"그게 무슨 말인가?"

"자금을 담당하는 놈들에게는 고치지 못하는 버릇 같은 게 있거든요."

노형진은 웃을 뿐이었고, 유민택은 그걸 이해하지 못하고 고개를 갸웃했다.

"뭐지?"

우제일은 자신을 따라다니는 놈을 보면서 고개를 갸웃했다.

자신을 따라다니면서 사진을 찍는 놈이 있었다.

처음에는 몰랐는데 우연히 알아차렸다. 차량 한 대가 자신만 졸졸 따라다니는 것이다.

'저 새끼는 뭐지?'

보아하니 무슨 흥신소 녀석인 것 같았다.

그런데 하는 폼을 보아하니 그다지 익숙하지 않은 듯했다.

'아, 씨발. 미치겠네.'

안 그래도 요즘 뒤를 캐서 옮겨 간다는 소문이 많아서 가뜩이나 짜증이 난 상황이었다.

그래서 회사에서는 뒤를 조심하라고 했고, 그 덕분에 알아차릴 수 있었다. 그렇지 않았다면 몰랐을 것이다.

'어떤 미친 새끼가?'

솔직히 그 말을 들으면서도 누가 자신을 건드리겠는가 했다.

자신은 이사다. 그것도 성화의 이사다.

썩어도 준치라고, 그런 허접한 기술에 말려들 리 없다.

그렇게 생각했는데 이런 식으로 따라붙으면 여러모로 곤란하다.

내연녀를 만나지도 못하고, 술집도 가기도 힘들어진다.

"잡아."

결국 그가 할 수 있는 것은 한 가지뿐이었다.

자신이 아는 사람들을 동원하여 그를 붙잡는 것.

하는 꼴을 보아하니 그저 그런 흥신소 놈인 것 같은데, 그런 놈들은 적당히 겁주면 알아서 불 테니까.

"이쪽입니다."

이사가 조용한 폐공장으로 갔을 때 그곳에서 기다리고 있던 남자는 그를 데리고 안으로 들어갔다.

거기에는 두들겨 맞아서 얼굴이 퉁퉁 부어 있는 두 명이 있었다.

"두 명?"

"한 명이 더 있다고 불더군요."

"허, 미친 새끼들."

겁먹고는 제대로 패기도 전에 술술 불어 버리는 꼴을 보아하니 진짜 초짜이기는 한 모양이었다.

"그래서 좀 알아냈어?"

"네, 흥신소가 맞답니다."

"끄응."

그러면 일이 곤란해진다.

최악의 경우 묻어 버릴 생각이었다.

'아무래도 여기서 사라지면 경찰이 붙겠지.'

그러면 자신이라고 해도 멀쩡하지 않을 것이다.

"그래서 누가 시켰다고?"

그들에게 다가간 우제일은 마치 자상한 선생님처럼 물었다.

그러나 그 자상함은 뒤에 각목을 가지고 있는 조폭들 때문에 드러나지 않았다.

"저, 저희는 몰라요! 그냥 뒤만 캐 달라고 한 거예요!"

"맞아요! 흔한 불륜 추적이라고 생각했어요!"

손이 발이 되도록 비는 남자들.

"이사님, 어떻게 할까요?"

"어떻게 하긴. 보내 줘야지."

"네? 하지만……."

"알아. 그냥 보낼 수는 없지."

두 사람의 얼굴이 사색이 되었다.

"병신을 만들고 싶지는 않다. 그냥 사실대로 말해. 어떤 새끼야?"

"저, 저희는 몰라요! 이름도 모르고 어디 소속인지도 몰라요! 그냥 와서 일만 맡겼어요! 그것도 현금으로요!"

"얼굴은?"

"얼굴은……."

"얼굴도 모른다고? 그러면 그냥은 못 보내지. 경고해야 나중에 안 붙지."

"어, 얼굴은 알아요! 알아요!"

"그래서 얼굴은?"

"갸름한 얼굴에, 뿔테 안경을 썼어요. 머리를 뒤로 넘겼고, 양복을 입었고……."

그들의 설명이 이어질수록 우제일의 얼굴은 시시각각으로 썩어 들어갔다.

그럴 수밖에 없는 게, 그런 놈을 알고 있었기 때문이다.

'이거 아무리 봐도 마동현의 비서 놈이잖아?'

마동현. 자신과 가장 사이가 안 좋은 녀석이고 또 매일같이 싸우는 놈이다.

'그 새끼가 왜? 아니군……. 뻔하군.'

이를 박박 가는 우제일.

위에 있다는 것은 상황을 가장 확실하게 알 수 있다는 뜻이다.

그리고 지금 성화는 절대로 좋은 상황은 아니다. 그건 이사들이 가장 잘 아는 것이다.

'이 개자식들.'

우제일의 눈에서 불이 뿜어져 나왔다.

마동현이 배신한 것이리라.

확실히 약점을 쥐고 가려고 한다면 자신이 제일 켕기는 것이 많은 것이 사실이다.

더군다나 자신과 마동현은 앙숙이다. 그러니 마동현이 대룡으로 가려고 한다면 자신을 터는 것이 가장 효과적이다.

'이런 어쭙잖은 방법을 쓰다니!'

우제일의 눈에서는 불이 뿜어져 나왔다.

"오냐…… 마동현……. 그렇게 나온다 이거지."

우제일은 이를 박박 갈았다.

"이사님, 이놈들은 어떻게 할까요?"

"당장 죽여서 묻어 버려! 그리고 전처럼 산에다가 묻어. 시끄럽게 만들지 말고."

"네, 이사님."

"헉!"

"자, 잠시만요!"

두 사람은 기겁하면서 일어나려고 했다. 그러나 조폭들이 그냥 보내 줄 리 없었다.

"아까 살려 준다고……."

"조 까."

자신을 추적한 놈들을 살려 둘 수는 없다. 저쪽에서 무슨 정보를 가지고 있는지도 모른다.

띠리링.

그 순간 울리는 문자 알림. 두 남자의 품에서 들리는 소리였다. 조폭이 그들의 품을 뒤져 보니 그 안에서 핸드폰이 하나 나왔다.

"뭐야, 이 병신 새끼들아. 핸드폰도 안 빼앗았어?"

"하나씩 빼앗았는데……."

"이런 병신 새끼들."

이런 작자들은 만일을 대비해서 두 개씩 가지고 다닌다. 그런데 그것도 모르고 조폭을 자처하다니.

우제일은 한숨을 쉬면서 문자를 확인했다.

그러나 그 문자는 두 사람에게 보낸 게 아니었다. 바로 자신에게 보내는 문자였다.

─어디에 있는지 안다. 우리는 손을 떼겠다. 증거도 소각하겠다. 우리 애들을 조용히 돌려보내 달라. 그러지 않으면 지금까지 모은 정보를 가지고 경찰서로 가겠다.

상대방은 대충 눈치채고 있는 모양이었다.

"씨팔."

우제일의 얼굴이 절로 일그러졌다.

만일 자신이 저들을 여기서 처리하면 상대방은 경찰서로 갈 테고, 저들이 자신을 따라다닌 것을 알고 있으니 경찰은 자신을 범인으로 지목할 것이 분명하다. 그러면 자신은 벗어날 수 없다.

"풀어 줘."

"네? 하지만 이사님……."

"아니면 짭새들이랑 면담할래?"

"아……."

문자를 본 조폭들은 똥 씹은 얼굴을 하면서 그들을 풀어 줬다.

"다시 면상 보이면 죽여 버린다. 알았냐?"

"네! 다시는 안 그러겠습니다! 감사합니다! 감사합니다!"

그들은 서둘러서 공장을 나가서 도망갔고, 그 모습을 보면서 우제일은 이를 빠드득 갈았다.

"마동현 이 개새끼, 죽여 버리겠어."

⚖️

"증거 땡큐."

노형진은 녹음 기록을 확인하면서 웃었다.

그리고 그 앞에 선 두 남자도 아까와는 다르게 얼굴에 미소를 띠고 있었다.

"진짜 죽는 줄 알았습니다."

"설마요. 이 주변에 깔아 둔 경호 팀이 몇인데, 위험하면 벌써 들어갔죠."

사실 이들은 흥신소 직원이 아니었다. 이들은 모두 노형진이 보낸 사람이었다.

"그나저나 속은 것 같습니까?"

"확실하게요."

이를 박박 갈면서 떠는 우제일을 보면서 노형진은 확신했다.

"삼중 함정이라, 멋진걸."

김성식은 대단하다는 듯 혀를 내둘렀다.

애초에 핸드폰이 걸릴 거라는 건 알고 있었다. 그 후에 다른 핸드폰으로 경고하기 위해서 핸드폰을 하나 더 감춰 놨다.

물론 여기까지는 누구나 생각할 수 있을 것이다.

그러나 진짜 함정은, 다름 아닌 그들이 신고 있는 구두에 있었다.

"녹음 상태 좋고."

그 안에는 우제일이 한 말이 모두 녹음되어 있었다.

"보아하니 한두 번 해 본 솜씨가 아닌가 보군."

"그럴 겁니다. 우제일이 김씨 일가의 더러운 면을 담당해서 처리했다고 하니까요."

"그런가?"

"네."

아무리 아부를 잘한다고 해도 실적도 없이 이사로 올라갈 수는 없다.

그런 사람이 이사까지 가기 위해서는 일종의 도움이 있어야 한다. 그리고 모든 도움은 기브 앤드 테이크다.

"이걸 가지고 경찰서로 갈 건가?"

"아니요."

"응?"

"이걸 가지고 지금 경찰서에 가면 잡을 수 있는 것은 우제일뿐입니다. 우리가 노리는 건 더 큰 거니까 잠깐은 기다려야 합니다."

"어떻게?"

"우제일이 돌아가면 어떻게 할까요?"

"아……."

당연히 마동현과 대판 싸울 것이다.

"지금까지는 이사들은 감시의 대상이 아니라고 방심하고 있었을 겁니다. 사실 아래에서 감시하고 싶다고 해서 감시할 수 있는 대상이 아니긴 하지요."

"그렇지."

실제로 사람들이 가져온 범죄 사실은 대부분 상관의 불륜이나 횡령 정도이고, 좀 심한 게 하청 업체에서 뇌물을 받거나 협박을 하는 수준이다.

일반 직원이 이사들을 감시하거나 증거를 모은다는 것은 불가능하다.

"하지만 이사가 이사를 감시하는 건 가능하겠죠."

"오호라."

이사가 이사를 감시하는 것은 충분히 있을 수 있는 일이고 당연히 그 역량이 다르다. 그러니 증거를 확실하게 모을 수 있다.

"이사끼리도 반목하겠군."

"지금 아래가 휘청거리면서도 버티는 건 이사들이 강력하게 통제하고 있기 때문입니다."

그러나 이사들이 싸우면 아래도 싸우기 마련이다.

당연히 이사들이 강력하게 구축한 시스템도 제대로 작동하지 않을 것이다.

"기대되는군."

"아직 기대는 금물입니다. 아직 더 큰 건이 남아 있거든요."

⚖️

남궁태만은 두 손이 부들부들 떨리고 있었다.

지금 그가 들고 있는 사진은, 멀리서 찍은 게 확실하지만 자신을 감시하는 사람의 얼굴이 찍혀 있었다.

"이, 이 사진은?"

"보시다시피 이사님 집 근처에서 찍은 겁니다."

"이, 이걸 어디서 얻은 건가?"

"얼마 전에 마동현 이사 사건도 있고 해서……. 주제넘은 짓이었다면 죄송합니다."

"아, 아니야……. 잘했네, 잘했어."

비서의 말에 남궁태만은 부들부들 떨면서도 칭찬할 수밖에 없었다.

그럴 수밖에 없는 게, 그 사진에 있는 자는 자신이 아는 사람이었다. 바로 우제일의 사람.

"이 미친 새끼가 뭔 짓을 하는 거야!"

"아무래도 지난번 마동현 사건 이후에 감시를 시작한 것 같습니다."

"뭐?"

"그렇지 않습니까? 마동현 이사가 감시하는데 다른 작자도 아니고 우제일이 안 할 리가……."

'싯팔…….'

남궁태만은 이를 빠드득 갈았다.

'그러고 보니 그러네.'

이사 중에서 가장 우직하고 또 가장 올바른 사람이 바로 마동현이다. 그런 작자도 감시하는데 우제일이 하지 않을 리 없다.

'내가 멍청했어.'

남궁태만은 자신의 실수를 인정했다.

자신이 멍청했다. 다들 이렇게 전쟁하는데 자신만 쏙 빠지다니.

"박 비서, 자네가 아는 곳이 있다고 했지?"

"네."

"사람을 동원할 수 있나?"

"우제일 쪽을 감시할까요?"

"아니."

남궁태만은 마음을 독하게 먹었다.

자신은 비자금을 관리하는 사람이다. 그러니 자신을 감시하는 놈은 많을 수밖에 없다.

'더군다나…….'

비자금을 관리하면서 조금씩 빼돌린 것도 있다. 그걸 걸리면 여러모로 곤란하다. 그걸 가지고 상대방이 뒤흔들 때를 대비해서 자신도 상대방의 약점을 쥐고 있어야 한다.

"다 붙여."

"네?"

"다 붙이라고. 나한테 위협이 될 만한 놈들한테는 모조리."

"한두 명이 아닌데요?"

"그래도 붙여. 그리고 이건 위에는 비밀이야. 알지?"

"알겠습니다."

박 비서는 웃으면서 말했다.

⚖️

"바보인가?"

손채림은 사방에서 들어오는 사진을 정리하면서 고개를

흔들었다.

박 비서가 소개한 곳은 당연히 새론과 대룡이 미리 함정을 파 둔 곳이었고, 그곳에서 얻은 정보는 그들뿐만 아니라 이쪽으로도 오고 있었다.

"뭐가?"

대부분은 그다지 쓸모없는 정보였지만 잘 조합하면 쓸 만한 게 나오기 때문에 그걸 살피던 노형진은 고개를 갸웃하는 손채림을 바라보면서 반문했다.

"그렇잖아? 아니, 이거에 속아?"

그녀는 옆에 있던 종이를 들어서 얼굴 앞으로 들어 올렸다.

그건 사진을 크게 확대해서 현상한 후 오려서 만든 가면이었다.

정교하게 만든 가면도 아니고, 말 그대로 애들이나 쓸 만한 그냥 종이 가면.

"이건 그냥 직원들 얼굴을 확대해서 자른 것뿐이잖아? 그런데 어떻게 이걸 보고 감시한다고 생각하지?"

"난 또 무슨 말인가 했네. 그건 눈과 카메라의 차이야."

"눈과 카메라?"

"그래. 사람의 눈은 3차원이야. 사물을 볼 때 입체로 판단하지. 하지만 카메라는 안 그래. 뭔가를 볼 때 2차원으로 찍어 버려. 근거리에서 보면 차이가 확 나지만 원거리에서 찍으면 확실하게 알 수가 없지. 특히나 우리가 준 것처럼 으슥

한 곳에서 찍은 거라면."

"그런가?"

"너도 한번 볼래?"

노형진이 사진 한 장을 건네자 그녀는 그걸 한참을 뚫어져라 바라봤다.

"헐, 신기하네."

"그렇지? 사람의 눈은 거리가 멀어지면 3차원으로 구성하지 못하고 2차원으로 구성하거든. 그러니까 이런 식으로 카메라로 찍은 게 사진인지 아니면 진짜 얼굴인지 확인하지 못해."

아주 간단한 트릭이었다.

영화에 나오는 것처럼 실리콘으로 만든 가면만큼 정교한 건 아니지만 가짜 사진으로 상대방을 속일 정도는 된다.

"이걸 이사들에게 뿌렸으니 이사들은 서로가 서로에 대해서 경계하겠지."

"서로에게 알려지지 않을까?"

"그럴 리 없지. 그렇다는 건 자신도 감시한다는 걸 간접적으로 인정하는 꼴이 되거든. 더군다나 가서 따진다고 한들, 상대방이 그걸 인정하겠어?"

"안 하겠지."

물론 진짜로 감시하지 않았던 이사들이 대부분이다.

그러나 당하는 사람의 입장에서는 아무리 억울하다고 해 봐야 그저 자신에게 거짓말하려고 하는 것으로 보일 뿐이었다.

"그러니까 저들은 점점 수렁으로 빠질 거야."

서로가 서로를 믿지 못하고, 감시하고 견제하려고 할 테니까.

"사람들은 경쟁이 좋은 결과를 만들어 낸다고 생각하지만 사실 그건 개인적 부분에 한해서야. 집단이 된 이후에도 성장하기 위해서는 경쟁보다 협동이 더 중요하지."

"그런가?"

"그래, 실제 사례도 있고."

어떤 사람이 기업을 오픈했다.

그는 막대한 자본금을 들여 방송을 통해서 광고해 짧은 시간 내에 브랜드 가치를 높이는 데 성공했고, 매출은 연일 최고 기록을 갱신했다.

"하지만 그는 망했지."

그러나 채 3년도 가기 전에 그는 쫄딱 망했다.

돈이 없어서?

아니다.

다른 경쟁 상대가 생겨서?

그것도 아니다.

그가 망한 이유는, 그가 회사의 성장을 위해서 선택한 무한 경쟁 시스템 때문이었다.

"처음에는 좋았지. 회사가 작을 때는 적극적으로 홍보하고 판매하려고 했고."

그러나 무한 경쟁이 되면서 부작용이 속출했다.

문제가 생겼어도 동료에게 책잡힐까 봐 보고하지 않았고, 동료에게 피해가 될 수 있다면 그 사실이 기업에 피해를 가지고 온다는 사실을 알면서도 보고하지 않았다. 그래야 자신이 주도권을 가지니까.

　그 결과, 회사는 제대로 굴러가지 않아 얼마 버티지 못하고 무너졌다.

　"지금 성화가 딱 그 상황이야. 아니, 더 안 좋지."

　최소한 그때는 경쟁만 했다. 하지만 지금은 배신을 상정하고 있다.

　"이대로 두면 망하겠는데."

　"그렇겠지. 하지만 그래도 확실하게 쐐기를 박아 줘야지."

　"어떻게?"

　"너 말이야, 자르기 위해서 이사를 시킨다는 말 들어 봤어?"

　"엉? 그게 무슨 말이야?"

　"말 그대로야. 대기업의 일종의 꼼수야."

　"꼼수?"

　"그래."

　기본적으로 노동자는 노동법의 보호를 받는다.

　그래서 회사에서 자르고 싶어도 마음대로 자르지 못한다. 특히나 상위직은 더더욱 그렇다.

　그럴 때 회사에서 쓰는 방법이, 바로 이사나 상무 같은 사용자로의 승진이다. 외부적으로는 승진일지 모르지만 내부적으로 그들은 해직 대상자다.

"승진하면 월급이 오르지 않아?"

"그렇지. 하지만 해고는 쉽지."

가령 월 500만 원을 받는 노동자를 이사로 승진시키면 월 700만 원을 줘야 한다. 일견 좋아 보인다.

그런데 여기서 문제가 생긴다.

월 500만 원을 받는 노동자는 자르고 싶어도 마음대로 자를 수가 없다. 그러니 남은 근무 기간 동안 월 500만 원씩 줘야 한다.

월 500 정도면 연차가 어느 정도 차야 하니 나이가 적지 않다. 더군다나 나이가 있으니 현재의 시장에 대해서 상당히 반응이 느리고 일하는 속력도 느리다.

그를 자르면 신입 두 명을 뽑을 수 있고, 비정규직으로는 세 명을 뽑을 수 있다.

그러니 회사는 자르고 싶어 한다.

"그럴 때 쓰는 게 바로 승진이야."

승진을 시켜서 노동자가 아니라 사용자를 만들어 버리면 당장은 200만 원을 더 줘야 한다.

하지만 사용자는 법적인 보호의 대상이 아니다.

"그래서 승진시키고 6개월이나 1년이 지나면 잘라 버리지. 그게 장기적으로는 훨씬 이득이거든. 승진을 시키고 싶어도 윗자리는 한계가 있으니까."

"헐!"

몰랐던 사실이기 때문에 손채림은 혀를 내둘렀다.

"그런 게 있어?"

"대부분은 모르지."

그걸 굳이 알려 주려고도 하지 않고, 일반 직원들의 입장에서는 이사급이면 보이지도 않는 까마득한 높이다. 당연히 관심을 가지지 않을 것이다.

"그건 알겠는데, 그거랑 성화가 망하는 건 무슨 관계야? 그들이 잘린다고 해서 성화가 망하는 건 아니잖아?"

"보통은 아니지. 일반적으로 회사의 3분의 1은 해직 대상인 이사거든."

"그래서?"

"그런데 아래에서는 그걸 몰라. 하지만 당사자는 알지. 왜냐하면 승진하느냐 마느냐를 따져야 하니까. 어느 보직으로 가면 해직된다는 걸 알아."

"그래서?"

"그런데 그런 그들이 성화에서 이탈해서 대룡으로 온다면 어떻게 될까?"

"응? 대룡으로 온다고?"

"그래, 대룡으로 말이야."

"아니, 왜?"

"어차피 잘릴 거잖아."

"아⋯⋯."

어차피 곧 잘릴 운명을 안고 이사가 된 사람들이다. 1년 후에 해직이 된다.

"그리고 그 나이가 보통 자녀가 대학을 다니거나 결혼 준비를 하는 때거든. 돈이 많이 들지."

거기에다 지금 대한민국은 최악의 경기 불황으로 인해서 젊은 사람들이 제대로 취업도 못 하고 있다.

이사들의 자녀들도 마찬가지다.

제대로 된 이사라면 회사에 부탁해서 자녀를 취업시킬 수 있겠지만, 자르기 위해서 만들어 준 이사의 부탁을 회사에서 들어줄 리 없다.

"그들이 직급의 하락을 각오하고 성화에서 대룡으로 온다? 아랫사람들은 어떻게 받아들일까?"

"오올."

손채림은 노형진의 말에 혀를 내둘렀다.

"붕괴군."

"그래, 붕괴될 거야. 사실 포상금이라고 해 봐야 200억이면 돼. 그런데 내가 왜 2천억이나 예산을 준비하라고 했겠어?"

"호호호호."

"성화는 사라질 거야, 확실하게."

노형진은 더 이상 성화를 살려 둘 생각이 없었다.

무너지는 성화

"너, 그 소식 들었어?"

"무슨 소식?"

"곽 이사 말이야! 그 사람이 대룡으로 넘어갔대."

"뭐라고?"

휴게실에서 담배를 피우던 사람들의 눈이 모조리 한쪽으로 쏠렸다.

그러자 막 이야기를 시작하던 남자가 순간 흠칫했다.

사실 이런 말을 해서는 안 된다. 그런데 흥분한 나머지 목소리가 너무 커진 것이다.

"그게 무슨 소리요?"

"아니, 그게……."

"좀 이야기해 봐요. 어차피 여기 있는 사람들 다 도긴개긴 아니요."

"으음……."

하긴 여기는 하급직 직원들이 쓰는 휴게실이다. 과장급 이상은 따로 휴게실이 있다.

어차피 언제 잘릴지 모르는 파리 목숨들이다. 그러니 자신을 누가 일러바칠 것 같지도 않았다.

'하긴, 상관없나?'

자신은 이미 대룡에 이직 신청을 해 둔 상태다. 더군다나 부장 새끼가 하는 짓거리를 모조리 찍어 놨다.

그는 서류철로 사람을 때리는 버릇이 있는데, 그게 폭행으로 인정된다는 것이다. 그러니 확실하게 넘어갈 수 있다.

그렇게 생각하니 그는 갑자기 용기가 솟았다.

"곽 이사가 대룡으로 넘어갔답니다."

"그게 무슨 말이오?"

"말 그대로예요."

"도대체 왜? 곽 이사면 이사가 된 지 채 다섯 달도 안 된 사람인데."

직장인의 꿈이라는 이사 자리에 올라간 지 채 다섯 달도 되지 않았다. 그런데 그만두고 상대 기업인 대룡으로 넘어간다?

"더군다나 직급을 낮춰서 갔단다."

"뭐라고? 뭘로?"

"과장."

"미친!"

이사였던 사람이 부장도 아닌 과장으로 간다니? 이해할 수가 없었다.

"그게 말이나 돼? 미치지 않고서야……."

"미친 게 아닐 수도 있지."

"응?"

누군가가 심각하게 입을 열었고, 이번에는 모두의 시선이 그곳으로 쏠렸다.

"이사라고 하면 우리보다 더 높은 자리잖아. 반대로 말하면 우리보다 정보가 더 빠른 거 아니야?"

"그게 무슨……?"

"성화의 상황이 생각보다 더 안 좋다는 말이지."

"그, 그런……."

모두 침을 꿀꺽 삼켰다.

"그냥 우연 아니야?"

그걸 부정하고 싶었던 걸까? 누군가 반박했다.

고작 이사 한 명이 이직했다고 상황이 안 좋다니.

"아니야. 곽 이사는 본사 사람이지만 다른 사람들도 있거든."

"응?"

"난 인사과에서 일하니까 대충 알지."

지난 며칠간 이사들이 갑자기 그만두는 경우가 많았다.

평소와 다른 현상이었기 때문에 그는 그걸 기억하고 있었다.

본사에서는 곽 이사가 처음이라지만, 계열사에서는 지금 적지 않은 이사들이 그만두고 있는 상황이다.

그럴 수밖에 없는 게, 본사 이사보다는 계열사 이사가 월급이 적은 터라 해직 예정자들은 대부분 계열사 이사로 보내 버리기 때문이다.

더군다나 본사 입장에서 이사가 자주 잘리는 건 보기 좋은 게 아니니까.

물론 직장인들에게는 그저 이사일 뿐이지만.

"지난주만 해도 계열사 이사가 열다섯 명이나 그만뒀어. 그 곽 이사라는 사람까지 합하면 열여섯 명이지."

"헐?"

이사들이 단체로 미치지 않고서야 그만둘 리 없다.

"이직 이후에 어디로 갔는지는 알 수는 없지만 말이야, 곽 이사의 상황이나 지금 대룡과 성화의 상황을 보면 대룡으로 넘어갔을 가능성이 높다는 거지."

"뭐여, 씨발? 그러면 이사들이 다 때려치우고 도망갈 정도로 회사 사정이 안 좋다는 거잖아?"

점점 얼굴이 딱딱해지는 사람들.

위에서는 '괜찮다.', '나아지고 있다.'라고 말하고 있지만 대부분 그렇지 않다는 걸 알고 있었다.

월급도 제대로 안 들어오는데 이사들까지 도망갈 정도라

면…….

"이대로는 죄다 글러 먹은 거 아냐?"

"그……."

"그렇잖아?"

다들 공포에 질려서 저마다 이야기하기 시작했다.

"젠장, 이직 자리라도 알아봐야겠다."

"뭐?"

누군가가가 마시던 커피를 버리면서 중얼거렸다.

"뭐? 회사는 어쩌고?"

다른 사람들의 걱정 어린 말.

그러나 그는 그렇게 생각하지 않았다.

"지금이라도 이직해야지. 생각해 봐, 이사도 도망가는 판국에 무슨 기사회생이야? 월급도 안 나오는데. 더군다나 성화가 망한다고 생각해 봐. 안 그래도 경기가 안 좋아서 취업하기도 힘든데 회사 망하면 한꺼번에 수만 명이 실직자가 된다고. 이건 반대로 말하면 경쟁자가 수만 명이 된다는 소리아냐?"

그 말에 다들 얼굴이 완전히 굳었다.

"지금 죄다 자리 차면 어디로 가려고? 대룡이 받아 준다고 해도, 거기도 기업이야. 이미 성화에서 받는 대신에 올해 신입 사원 공채는 없다고 못 박았어. 만약 그때 자리 없으면 어디로 갈 건데?"

"으음……."

확실히 그렇다.

더군다나 대기업에서 일하던 사람들의 기준에 중소기업이
눈에 찰 리 없다. 결국 그들이 갈 수 있는 자리는 한정되어
있다는 소리다.

"자리 좀 구해야겠다."

"나도."

"나도 그럴래."

너도나도 마음을 돌려먹으면서, 성화의 기둥이 한층 더 흔
들리고 있었다.

⚖️

"으음……."

"어떤가요?"

마동현은 노형진을 바라보면서 심각한 얼굴이 되고 있었다.

"어차피 이곳에서 오래 계시지는 못하지 않습니까?"

"그래서 나보고 대룡으로 오라?"

"그렇습니다. 물론 이사는 안 됩니다. 대신에 전무 자리를
드리지요. 임기도 보장해 드립니다, 받는 돈이 깎이기는 하
겠지만, 그다지 과소비하는 분은 아닌 듯하니."

노형진은 그의 집을 흘낏 둘러보면서 말했다.

이것이 법이다

비밀을 위해서 그의 집에서 만나기로 했는데 의외로 그의 집은 28평 아파트였다.

성화 정도의 이사로 무려 8년을 있던 사람치고는 작고 간소한 아파트다.

"돈이야 충분히 모으기는 했으니 상관없지만, 내가 가서 성화의 스파이 노릇을 하면 어쩌려고 그러시오?"

마동현은 넌지시 물었다.

물론 그런 걱정도 할 수 있다. 그러나 노형진은 자신이 있었다.

"스파이도 성화가 있을 때의 이야기지요. 안 그런가요?"

"성화가 이번 고난을 못 넘을 거라 생각하시는구려."

"그건 마 이사님이 더 잘 아실 텐데요?"

성화는 여느 때보다 심각하게 흔들리고 있었다.

위기 상황인데도 서로 반목하고 이사들은 서로 싸우고 견제하다 보니 정보는 공유가 안 되고 아래에서는 이탈자들이 계속 생기고 있었다.

게다가 추가로 사람을 뽑을 상황이 안 되니 남은 사람은 과로할 수밖에 없는데 정작 그들에게는 월급조차 주지 못한다.

'그 돈만 있었어도……'

노형진에게 속아서 산 기업.

그 기업이 쫄딱 망했다. 그걸 어쩔 수 없이 헐값에 팔았는데 그게 또 대박이 났다.

그 덕분에 성화는 심각할 정도의 타격을 입었다.

물론 그 모든 게 노형진의 음모였지만 그들은 모르고 있었다.

그 당시 그 기업을 사기 위해서 빌린 돈의 이자가 너무 많아서 갚을 수 있는 방법이 없었다.

그나마 정부에서 온 지원 자금조차도 쓸데없는 기계를 산다고 다 소비했다.

물론 그 과정에서 어마어마한 돈이 김씨 일가의 주머니로 들어간 것도 사실이다.

'젠장.'

그 돈으로 빚을 갚았다면 어찌어찌 살아남을 수 있었을지도 모른다.

그러나 그러지 않았고, 그래서 성화는 기사회생의 기회조차도 날려 버렸다.

"어차피 성화에서도 할 수 있는 게 없지 않습니까?"

"무슨 소리요? 난 성화의 이사요!"

"그리고 다른 이사들의 집중적인 견제를 받고 있지요."

"끄응······."

노형진이 그를 사칭해서 감시한 이유가 있다.

이런 사건은 1호가 중요하다.

무슨 소리냐면, 가장 먼저 사고를 치는 놈이 가장 집중 견제를 받는다는 뜻이다.

그리고 노형진은 마동현을 1호로 삼았다.

"이사들이 모조리 견제하는데 일이나 제대로 하시겠습니까?"

일은커녕 방어하기에 급급하다. 아니, 방어 자체가 불가능한 상황이다.

이런 상황이면 조만간 그는 잘릴 수밖에 없다.

"난 그런 거 신경 안 쓰는 사람이오만."

'알지.'

그는 우직한 사람이고, 또 성화와는 안 어울릴 정도로 바른 사람이다. 그리고 8년간 이사 노릇을 하면서 평생 먹고살수 있는 돈을 모아 놨다.

그의 아들과 딸도 취업했으니 돈 나갈 데라고 해 봐야 결혼 자금뿐인데, 그 정도는 있다.

더군다나 은퇴 후 낙향한다고 시골에 전원주택까지 사 놨다. 그는 잘리는 것을 무서워할 사람이 아니다.

'하지만 당신이라는 사람도 약점은 있지.'

이 세상에 약점이라는 게 없는 사람은 없다. 그 사람이 좋은 사람이라면, 그 좋다는 것이 약점이 된다.

"그래서 오시라는 겁니다. 성화와 대룡의 융화점이 되어주셔야 합니다."

"융화점?"

"네. 성화는 몰락하고 있고 대룡은 그들 중 상당수를 받아들여 줬습니다. 그렇지만 성화와 대룡은 상당 기간을 싸워왔지요."

"으음……."

"이직한 사람들을 대하는 분위기가 좋지는 않습니다."

"……."

맞는 말이다. 승자인 대룡의 직원들이 성화의 직원들을 좋게 볼 수는 없다.

"그들을 관리해 주셨으면 합니다."

"내가?"

"네. 가장 신망이 두터운 분 아닙니까?"

"끄응."

노형진이 노린 약점이 바로 이것이었다.

'당신이라는 사람은 절대 부하를 못 버리지.'

이사가 된 후에도 근로자들의 복지 문제로 사사건건 회사와 충돌한 사람이다.

보통은 그러면 이사에서 자르는데, 성화에서는 그를 자르고 싶어도 신망이 두터워서 자르지 못했다.

"저희가 성화가 망하는 충격을 줄이기 위해서 그들을 받아들이는 것과는 별도로 그들은 내부의 문제와 부딪혀야 합니다. 그들에게는 뭉칠 수 있고 그들을 대변할 수 있는 누군가가 필요합니다."

"이사들 몇몇이 그쪽으로 간 걸로 알고 있는데?"

"해직 대상자였던 이사들이죠. 모르지는 않으실 텐데요."

"끄응……."

이사로 8년이나 있던 그가 해직 대상 이사들을 모를 리 없다.

그들이 해직 대상인 것은 다 이유가 있다.

어느 쪽이든 그들의 능력 부족인 셈이니, 그런 사람들이 휘하 부하들을 통제할 수는 없다.

"잔인하군."

"전쟁이란 잔인한 거죠."

"내가 그쪽으로 간다는 게 무슨 뜻인지 알고는 있는 거요?"

"그렇지요."

기존 이사들과 마동현의 무게감은 전혀 다르다.

기존 이사들은 새로 이사가 된 지 얼마 되지 않은 사람들이니 널리 알려지지 않아서 이사가 이직했다는 충격 정도는 줄 수 있지만 내부를 뒤흔들 정도는 아니다.

하지만 마동현은 다르다.

이사 생활 8년 차.

이사 중 고참에 속하고, 중심에 속해 있으며, 성화가 남아 있는 이상 잘리지 않을 사람이다. 그를 지지하는 수많은 사람들이 있으니까.

그런 그가 성화를 떠나 대룡으로 간다는 것은 성화의 수명이 끝장났다는 사실을 완전히 못 박는 셈이다.

일반 이사들의 이직이 단순히 평범하게 투하하는 폭탄이라면, 마동현은 핵심을 터트리는 벙커 버스터나 마찬가지.

"저희가 원하는 게 그거니까요."

"끄응……."

자신의 핵심적 약점을 쥐고 있는 노형진의 모습에 마동현은 침이 바짝바짝 말랐다.

노형진이 무서운 사람이라는 사실은 알았지만 이렇게 자신을 몰아붙일 줄은 몰랐다.

'당신이라는 사람은 너무 착해.'

우직하고 믿음직스러운 사람이다. 그리고 사람을 부릴 줄 아는 사람이다.

그러나, 그래서 부하들을 버리지 못한다.

"난……."

결국 마동현은 결심을 굳혔다.

노형진의 말대로다.

자신은 회사를 다녀도 그만, 안 다녀도 그만이다. 그러나 다른 사람들은 아니다.

누군가 그들을 대변하지 못하면 그들은 대룡의 텃세에 밀려서 해직당할 수밖에 없다. 그리고 그걸 막기 위해서는…….

"조건이 있소이다."

"어떤 조건이죠?"

"백 명."

"백 명?"

"나와 함께 가는 백 명은 무조건 받아 주시오!"

"그러지요."

마동현은 순간 휘청하고 넘어갈 뻔했다.

백 명이라고 하면 절대 적은 숫자가 아니다. 그런데 협상해 보지도 않고 그러겠다니?

"협상도 없이 그냥?"

"조건이시라면서요?"

"이 무슨……."

마동현조차도 어이가 없는 모양인지 말문이 턱 막혔다.

사실 일단 백 명 정도 부르고 협상해서 쉰 명 정도를 데리고 갈 생각이었다. 그런데 전부 받아 주겠다니.

"외국에서는 한 사람을 데리고 오기 위해서 한 기업을 사는 경우도 많습니다. 마 이사님은 저희가 인정하는 인재입니다. 그런 분을 모시기 위해서라면 백 명쯤이야 가벼운 조건이지요."

"허……."

실제로 외국에서는 그런 일이 가끔 있다. 인재를 데리고 오기 위해서 그가 있는 기업 자체를 사는 경우가 말이다.

"하하하, 노 변호사가 아부가 능숙하구만."

"아부가 아닙니다. 현실이지요. 만일 마 이사님이 무능했다면 저는 여기에 안 왔습니다."

마동현은 웃었다.

이 세상에 자신을 인정해 주는 사람을 싫어하는 사람은 없다. 더군다나 주변에서 집중적으로 공격받고 있을 때는 더더욱 말이다.

"좋소!"

마동현은 굳은 얼굴로 고개를 끄덕거렸다.

"백 명이라니, 아무리 그래도 너무한 거 아닌가?"

노형진에게 사전에 설명을 듣기는 했지만 추가로 백 명을 더 받기로 했다는 사실에 유민택은 절로 눈이 찡그러졌다.

"그 정도는 받아들일 수 있을 텐데요?"

"그거야 그렇지만 장기적으로도 수익을 생각해 봐야지. 백 명이면 인건비가 얼마나 나오겠나?"

"그래서 데리고 오는 겁니다."

"응? 그래서라니? 설마 불쌍해서라는 건가?"

"아니요. 마동현 이사를 밀어주기 위해서입니다. 그리고 동시에 성화를 무너트리기 위해서지요."

"성화를?"

"네."

"일단 이야기나 해 보게. 고작 백 명을 데리고 온다고 성화가 무너지겠나?"

"무너질 겁니다. 마동현 이사가 데리고 올 사람은 정해져 있으니까요."

"그게 무슨 말인가?"

"마동현 이사는 심지가 굳은 사람입니다. 그리고 아랫사람을 많이 생각하는 사람이지요."

"그래서?"

"그런 마동현 이사가 누군가를 데리고 오려고 한다면, 과연 누구를 우선순위에 둘까요?"

"글쎄."

"당연히 나이 40대에서 50대 장년층일 겁니다. 회사에서는 대략 과장급부터지요."

"어째서?"

"마 이사는 심지가 굳은 사람이니까요."

그는 바닥에서부터 위로 올라온 사람이다. 그래서 아랫사람에 대해서 너무나도 잘 안다. 또 그들을 챙길 줄 알고.

"성화가 망해도 젊은 사람들은 재취업이 쉽습니다. 하지만 40대 이상 장년층은 쉽지 않지요. 그건 현실입니다."

"그렇지."

"더군다나 그 이하는 마동현 이사와 갭이 큽니다. 개인적으로 알 수도 없고요."

과장급 이하는 평사원인데, 아무리 그가 부하를 챙긴다고 해도 평사원에 대해서 잘 알 수는 없다.

결국 그가 데리고 올 수 있는 것은 재취업이 힘들고 나이가 좀 있는 사람들이 될 수밖에 없다.

그가 보살피고 싶은 것은 그들일 테고, 그 아래는 알지도 못할 테니까.

"그런데 말씀드렸다시피 마동현 이사는 심지가 굳은 사람입니다. 그는 아부 같은 걸로 올라간 사람도 아닐뿐더러 그런 걸 싫어하는 사람으로 유명하지요. 그래서 그가 데리고 온다면 그런 사람은 당연히 배제될 겁니다. 그럼 남은 건……."

"오오! 그렇군."

그의 성격상 아부로 승진하거나 부하의 실적을 빼앗아서 승진한 파렴치한 놈들은 배제시킬 것이다.

당연히 능력이 있는 사람들, 그리고 자신과 비슷하게 노력해서 올라온 사람들을 데리고 오려고 할 것이다.

백 명이라면 많다면 많지만, 모든 장년층을 커버할 수 있는 숫자는 아니니까.

"쓰레기만 남겠군."

"쓰레기만 남는 정도가 아닐 겁니다. 우리가 왜 증거를 모았는지를 생각해 보세요. 그걸 가지고 고발해서 그들이 처벌받기 시작하면 중간 계층이 통째로 사라지는 거죠."

"으하하하하!"

유민택의 입에서는 웃음이 터져 나왔다.

이사들은 서로 박 터지게 싸우고 있고, 평사원들은 윗대가리의 약점을 잡아서 이직할 생각만 해서 제대로 업무가 진행

되지 않는다.

그렇다면 남게 되는 것은 쓰레기 같은 중간 계층뿐인데 그나마도 모조리 잡혀 들어가면…….

"망하겠군."

"네."

그 상황이라면 성화가 아니라 그보다 더한 기업이라고 해도 못 버틴다.

"유 회장님이 원하는 대로, 우리가 그들의 심장에 칼을 꽂게 되는 겁니다."

유민택의 두 손에 꽈악 힘이 들어갔다.

보이지 않았던 미래가, 언제 끝날지 몰랐던 복수가, 손아귀에 잡히는 것 같았다.

"이제 끝을 보세나."

노형진은 미소를 지었다.

"그 말씀을 기다리고 있었습니다."

⚖

"당신이 노형진이오?"

조용한 호텔 안.

그곳에서 노형진은 누군가를 만나고 있었다.

"그렇습니다."

노형진은 상대방을 보면서 미소 지었다.

그러자 그는 어이가 없다는 표정이 되었다.

"마이 소라 씨에게 들었소 우리랑 거래를 하고 싶다고?"

건너편에 있는 사람. 그는 다름 아닌 야쿠자였다.

그것도 아주 상위 계급의 야쿠자.

"큰 건이니까요."

"들어 봐야 알지."

그는 시큰둥하게 말했다.

야쿠자를 소개시켜 달라고 하자 마이 소라는 기겁했다.

하지만 노형진은 필요하다고 했고, 그녀는 어쩔 수 없이 소개를 시켜 줬다.

"우리 조건은 간단합니다. 현금으로 20억."

"미쳤군."

야쿠자는 어이가 없는 얼굴이 되었다.

능숙한 한국말이었다. 듣기로는 재일 교포 3세라던가?

"우리가 그게 뭔지 알고 20억이나 줘야 하지?"

"약점이지요."

"약점? 그런 시답잖은 걸로 20억이나 달라는 거요?"

그의 얼굴에는 비웃음이 떠올랐다.

그런 약점은 흔하고 흔하다. 자신들이 그다지 신경 쓸 필요도 없다.

"물론 한 명의 약점이라면 그렇겠지요. 뭐, 한국 대통령의 약점이라면 모르지만요."

"그러니까."

"하지만 오백 명쯤 된다고 하면 어떨까요?"

"뭐라고?"

"오백 명입니다. 그것도 성화라는 대기업에 다니는 작자들의 약점. 최하 계급은 과장급입니다. 그들의 연봉은 뭐, 잘 아실 테고."

"오백 명?"

"네, 그들이 알면 벌벌 떨 약점들이지요. 이걸 팔고 싶습니다."

"으음……."

이해 못 하겠다는 얼굴이 되는 야쿠자.

"그걸 어떻게 얻은 거요?"

"비밀입니다."

"그러면 당신을 어떻게 믿고?"

"전 제 이름을 걸고 나왔습니다. 한국에서 노형진이라는 변호사는 저 하나뿐이지요. 제가 아무리 간땡이가 부었어도 야쿠자한테 사기 칠 정도는 아닙니다."

야쿠자의 눈이 이리저리 굴러다녔다.

'맛있어 보이지? 안 그래?'

노형진은 속으로 씩 웃었다.

맛있어 보일 수밖에 없다.

오백 명에게서 1천만 원씩만 뜯어내도 50억이다. 적지 않은 돈이다.

성화의 직원이라면 못해도 2천만 원은 받아 낼 수 있다. 건에 따라서는 억 단위도 가능하다.

그렇다면 100억도 넘을 수 있는 건수다.

'그래, 협박해서 벌 수 있는 걸 생각하고 있겠지.'

노형진은 그걸 노리고 있었다.

이 카드는 자신들이 쓸 수 없는 카드다. 그렇다면 차라리 파는 게 훨씬 이득이다.

"어째서?"

"우리는 사정이 있어서 못 쓰거든요."

"으음……."

"뭐, 조금만 알아보시면 성화와 제가 사이가 안 좋다는 걸 알 겁니다."

"그건 이미 알고 있소이다."

역시나 야쿠자답게 미리 조사하고 온 모양이었다.

"그러면 더욱 이야기가 빠르지요. 우리는 이 카드를 못 씁니다. 하지만 이건 잘만 쓰면 강력한 무기가 되지요."

"그걸 대신 해 달라 이건가?"

"네."

"그러면 공짜로 줘야지."

"세상에 맨입은 없는 겁니다. 그쪽에서 싫다 하면, 삼합회도 있습니다."

"한국 쪽에도 조직은 많을 텐데? 20억이면 많다면 많지만 적다면 또 적은 돈인데."

"한국 조직은 영세합니다. 500건의 협박이 들어가면 경찰이 족쳐 버리겠지요."

"하지만 우리에게는 그러지 못하지."

"그렇지요."

신고해 봐야 대상은 야쿠자다.

한국 경찰이 일본에 와서 그들을 조사할 수는 없다. 그렇다고 일본에 조사를 부탁한다고 해도, 야쿠자와 결탁한 일본 경찰이 한국에서의 사건을 해결하기 위해서 야쿠자와 전쟁을 벌일 리도 없다.

'이놈들에게 돈을 줘야 한다는 게 좀 아쉽지만.'

가능하면 일본에 이익을 주고 싶지 않지만 마땅한 방법이 없기는 하다.

여차하면 삼합회에 넘겨도 된다는 식으로 이야기했지만 삼합회는 노형진과 사이가 너무 안 좋다.

더군다나 기본적인 거래라는 개념이 있는 야쿠자와 다르게 삼합회는 빼앗는 방식을 선호한다.

"약점이라……."

야쿠자는 고민하는 얼굴이 되었다.

참으로 군침이 도는 미끼다. 그것도 뒤탈이 생기지 않을 만한 미끼.

"당신들 싸움에 야쿠자를 이용한다라. 당신 간땡이가 부었다는 소리를 듣기는 했지만 진짜 미쳤군."

"큰 놈들이랑 싸우려면 미치지 않고서는 불가능하지요."

"하하하, 마음에 드는군."

그는 눈에서 불이 반짝거렸다.

"거래하리다. 고작 20억 푼돈 가지고 깎기도 그러니 바로 드리지."

"제 스위스 비밀 계좌를 알려 드리겠습니다."

잠시 후 핸드폰으로 입금이 확인되자 노형진은 자료를 그에게 내밀었다.

"재미 좀 보시기 바랍니다."

"뭐, 소일거리는 되겠군."

그는 싱긋 웃고는 가방을 들고 그곳을 떠났다.

노형진이 그가 나가고 난 후 한숨을 쉬자, 혹시나 해서 옆방에서 기다리면서 감시하고 있던 손채림과 경호 팀이 안으로 들어왔다.

"와…… 분위기 한번 살벌하네."

"응?"

"저 반대쪽에도 야쿠자 있었던 거 알아?"

"알지."

노형진이 있던 방을 중심으로 오른쪽에는 새론의 경호 팀이, 왼쪽에는 야쿠자 일행이 기다리고 있었다.

아마 일이 틀어졌으면 피바람이 거하게 불었을 것이다.

"그나저나 왜 야쿠자를 부른 거야? 그냥 경찰에 넘기면 안 되는 거야?"

손채림은 이해가 가지 않는다는 표정으로 말했다.

이렇게 위험한 게임을 할 필요 없이, 그냥 경찰에 넘기면 일이 쉽게 끝났을 것이다.

"경찰에 신고하면 우리가 걸려서 안 돼."

"뭐? 우리가 걸릴 게 어디 있어?"

"정확하게는 우리가 아니라 제보한 사람들이 걸리지."

"그게 무슨……?"

"사실의 적시에 의한 명예훼손."

"헐? 어째서?"

"대룡은 경찰이 아니잖아?"

사실에 대한 명예훼손은 상대방의 약점이 되거나 감추고 싶어 하는 것을 외부에 말했을 때 성립되는 범죄다.

물론 이직하는 사람들이 처음부터 경찰에 이야기했다면 그건 고발에 해당되니까 처벌의 대상이 아니다.

"하지만 경찰이 아니라 대룡에 이야기했으니까 문제가 되지. 사실 적시에 의한 명예훼손이 성립되거든."

"애초에 경찰에 하는 걸로 하지, 그럼?"

"우리나라가 언제 신고자 신분을 보호하는 거 봤냐?"

"아……."

한국은 신고자의 신분을 대놓고 공개하는 바람에 신고자가 보복당하는 경우가 적지 않다.

법적으로는 하지 못하게 되어 있지만, 적당히 뇌물을 쓰면 드러내는 건 조금도 어려운 게 아니다.

"그러니 우리는 저걸 쓸 수가 없어."

자신들이 저걸 쓰는 순간 대룡에 해당 사실을 알려 준 사람들을 조사하려고 할 테고, 그러면 이직해 온 사람들이 전과를 달게 될 가능성이 있다.

"좋아, 그건 그렇다고 쳐. 그런데 그걸 왜 야쿠자에게 준 거야?"

"야쿠자들이 저걸로 돈을 벌 테니까."

"응?"

"야쿠자들의 주요 수입원 중 하나가 블랙메일이야."

"협박?"

"그래."

협박을 통해서 상대방에게 돈을 뜯어내는 것은 오래된 수법이다.

그러니 야쿠자들이 저 약점을 가지고 구경만 할 리 없다. 분명히 그들에게 협박할 것이다.

"그래서? 그게 성화랑 무슨 관계인데?"

"협박이라는 것은 무서운 거거든."

처음에는 약하게 시작할 것이다. 그러나 그 강도는 점점 강해진다.

처음에야, 아마도 야쿠자는 그들이 감당할 수 있는 1천만 원 정도를 요구할 테고, 대부분은 그 정도를 지출해서 입을 다물게 하려고 할 것이다.

"그렇지만 협박에는 끝이 없지."

처음에는 1천이지만 다음은 2천, 그다음은 3천이다.

"자신들의 죄를 감추기 위해서는 더 많은 돈을 내야 하지. 그렇다면 그들은 어떻게 할까? 전 재산을 팔까? 아니야. 다른 곳에서 돈을 구하려고 하겠지."

"어디서?"

"그게 중요한 거야. 바로 어디서. 주변에서 돈을 빌리자니 켕기는 게 있지. 그리고 수천만 원을 빌려주는데 이유도 안 물어보는 사람은 없어. 결국 그들은 쉽게 손을 댈 수 있는 곳에 손을 대기 시작하지."

"회사구나."

"그래."

횡령. 흔하게 벌어지는 일이다.

처음에야 돈을 주기 위해서 대출을 받을 수도 있다. 하지만 한계가 오면 다른 곳에서 보충하려고 한다.

"성화는 지금도 돈이 없어 죽을 것 같은 상황이야. 횡령이 시작되면 어떻게 될까?"

"헐."

"그런 걸 감시하고 보고할 만한 우직한 사람들은 마동현 이사가 전부 데리고 나왔지. 결국 남은 놈들은 쓰레기 같은 놈들뿐이야."

결국 그러한 사태는 통제되지 못하고 무차별적으로 퍼질 것이다.

"하지만 그래도 난 마음에 안 든다."

"어째서?"

"일단 처벌을 면하잖아."

노형진은 피식 웃었다.

"절대 못 면해."

"응?"

"절대 못 면한다고."

"어째서?"

"아까 말했잖아, 협박에는 끝이 없다고."

협박을 받으면 처음에는 자기 돈으로, 그다음에는 빌린 돈으로, 그다음은 횡령으로 메꾸려고 할 것이다.

그러나 그게 불가능하게 되면 결국 남은 건 자수, 아니면 야쿠자가 증거를 경찰에 넘기는 것이다.

"포기하고 자수하게 되면 처벌을 면할 수 없지. 자수해서 정상참작이 될 수도 있지만, 이미 금전적으로는 치명적으로 몰락했으니까 타격이 클 거야. 무시한다? 그러면 야쿠자가

그걸 경찰에 넘기겠지. 야쿠자는 바보가 아니야. 그냥 쥐고
만 있으면 자신들을 무시하게 된다는 걸 알아. 그러니까 안
주는 놈들은 무조건 경찰에 넘길 거야."

결과적으로 그들은 돈은 돈대로 날리고 처벌은 처벌대로
받아야 한다는 뜻이 된다.

그 과정에서 운이 좋다면(?) 그들은 성화의 재산을 마구
횡령할 테고.

"끝내주네."

손채림은 혀를 내둘렀다.

확실히 좋은 방법이다.

그들이 약점을 어디서 알았냐고 야쿠자에 물어볼 수는 없
는 노릇 아닌가? 설사 물어본다고 해도 야쿠자가 대답해 줄
리도 없고.

"확실하게 자업자득이지."

그렇게 노형진은 성화의 심장에 못을 박아 버렸다.

성화는 급속도로 무너지고 있었다.

마동현과 백 명의 사람들의 이탈은 사람들에게 엄청난 충
격을 줬다.

백 명이 한 명씩 이탈하는 것과 백 명이 함께 한꺼번에 이

탈하는 것은 사람들에게 다가오는 충격이 다르다.

백 명의 개개인의 이탈은 흔히 일어날 수 있는 일이지만, 백 명의 집단 이탈은 그 조직이 막장이라는 뜻이 되기 때문이다.

"이게 말이나 되냐고!"

김두필은 혼이 나가는 느낌이었다.

도무지 통제할 수가 없는 상황으로 성화는 몰려 가고 있었다.

"횡령? 횡령? 이 상황에서 횡령하는 새끼들은 뭐야!"

돈이 없는데, 그래서 한 푼 한 푼이 아쉬운데 횡령 사건까지 터졌다.

사실 전이라면 몰랐을 것이다.

그러나 지금은 돈이 없어서 자금을 구하기 위해서 자금 흐름을 계속 조사 중이었던 데다가 한두 명도 아니고 수십 명이 한꺼번에 횡령을 해 대서 30억이 비어 버리니 모를 수가 없었다.

그런데 그 30억의 횡령은 현재 성화로서는 문제의 축에도 끼지 못하고 있었다.

"제대로 되는 일이 하나도 없잖아!"

"직원이 부족합니다."

"지금 그걸 말이라고 해!"

"직원들이 통제되지 않습니다."

어떻게 해서든 통제해서 일을 시켜야 하는데 그걸 해야 하는 중간 계층이 없다.

유능한 사람들은 마동현을 따라서 모조리 대룡으로 넘어갔고, 남은 놈들은 대부분 횡령을 해 대고 있었다.

그리고 그러지 않는 놈들은 경찰에서 연일 찾아와서 끌고 가고 있었다.

구속되는 놈들은 넘쳐 나고, 일을 하는 놈들은 없다.

아래쪽에서는 아예 망하는 걸 기정사실로 삼고 출근 도장만 찍고 나가서 다른 일자리를 구하는 게 흔하게 보이는 광경이다.

뭐라고 하면 밀린 월급부터 달라고 하는데 할 말이 없다.

"사장님, 더 이상은 통제 불능입니다."

"우리 성화가 이렇게 넘어갈 리 없어!"

"방법이 없습니다."

이빨을 드러내고 달라붙는 것은 대룡뿐만이 아니라 다른 기업들도 마찬가지였다.

"남궁태만! 지금 뭐 하는 거야! 어떻게 해서든 돈을 구해야 할 거 아니야! 정부 지원금이라도 요청해!"

"그게……."

남궁태만은 곤란한 얼굴이 되었다.

그럴 수밖에 없다. 전이라면 가능했겠지만, 지금은 그마저도 불가능한 상황이었다.

"정부에 요청했는데 거절당했습니다."

"거절?"

"네……. 지난번 지원금 사용처에 대한 조사를 시작하겠답니다."

"아니, 왜!"

"과장 한 명이…… 가서 입을 나불거려서……."

"이, 이런……."

상황이 좋지 않자 김두필은 지원금 중 상당수를 빼돌렸다.

한두 번도 아니고, 또 달라고 하면 또 주는 게 정부니까.

지금까지 대기업은 그런 식으로 버틸 수 있었다. 적당히 애국심에 호소하면 정부에서는 핑계를 대면서 지원해 준다.

그런데 그게 걸린 것이다.

"지금 상황에서는 부도를 막을 수 없습니다."

"크윽……."

자신이 제일 듣기 싫었던 말이다.

부도. 기업에 돈이 없다는 것을 증명하는 사태.

물론 1차 부도 이후에 바로 망하는 건 아니다. 2차 부도까지 시일을 좀 더 줄 수 있다.

그러나 2차 부도가 나면 그건 최종 부도가 된다. 그 기업은 망하게 되는 것이다.

"성화가…… 성화가……."

대성화가, 거대했던 기업이 넘어가고 있다.

이리들은 달려들어서 자신들의 살점을 뜯어먹고, 이 사태를 만든 대룡은 마치 진짜 용처럼 자신들의 대가리를 씹어 먹고 있다.

"일단 피하시는 게 좋을 듯합니다."

"……."

망해도 삼대는 간다. 하지만 그건 어디까지나 한국에서 나갈 때의 이야기다.

부도는 단순히 돈을 잃어버린다는 개념이 아니다. 돈이 없으면 정권에서도 보호해 주지 않으며, 그 보호가 없으면 자신들이 그동안 저지른 수많은 위법을 덮을 수가 없다.

돈이 있어도 그 돈을 쓰지 못하게 된다.

물론 돈이 있으면 교도소에서 왕처럼 지낼 수 있다. 그러나 자유는 없다.

자유가 없는 왕은 왕이 아니다.

"일단 출국 비행기를 알아봐. 공식적으로는 해외에 자금 투자 건으로 해서……."

그 순간 문이 열렸다. 그리고 들어오는 사람들.

"뭐지?"

그들은 하나같이 커다란 덩치를 자랑하고 있었다.

"뭐야? 당신들! 여기가 어디인 줄 알고!"

"경찰입니다."

그들은 자신들의 신분증을 내밀었다. 그리고 한 장의 영장을 내밀었다.

"우제일 씨에 대한 구속영장을 집행하겠습니다."

"뭐라고? 아니, 왜! 어째서! 난 아무것도 안 했는데!"

수갑을 차고 끌려가며, 우제일은 고래고래 소리를 질렀다.

"회장님! 회장님! 도와주세요!"

"무슨 일인가!"

"구속 중입니다. 궁금한 건 경찰서에 직접 찾아오셔서 물어보세요."

"회장님!"

우제일이 속절없이 끌려갔고, 그곳에 있던 김두필과 다른 이사들은 멍하니 그 장면을 바라보았다.

그들이 정신을 차렸을 때 이미 우제일은 그곳에 없었다.

"도대체 무슨 일이 벌어지고 있는 거야!"

김두필이 소리를 버럭 지르는데, 때마침 상황을 알아낸 비서가 황급하게 들어와 원인에 대해 설명했다.

그의 말을 듣는 모두의 얼굴이 사색이 되어 갔다.

"씻팔, 씻팔……."

김두필은 연신 욕을 하고 있었다.

그가 타고 있는 것은 고급스러운 업무용 차량도, 그렇다고 자신이 모는 스포츠카도 아니다. 더러운, 족히 20년은 되어 보이는 고물이었다.

"회장님, 조금만 더 가면 됩니다."

"씻팔······."

그러나 김두필은 대답 대신에 욕만 했다.

욕만 나올 수밖에 없는 상황이었다.

우제일이 끌려간 것은 인터넷에서 퍼진 녹음 내역 때문이었다.

─이사님, 이놈들은 어떻게 할까요?

─당장 죽여서 묻어 버려! 그리고 전처럼 산에다가 묻어, 시끄럽게 만들지 말고.

─네, 이사님.

그리고 그 아래에 작게 덧붙여져 있는, 불륜 관계 조사차 따라다니던 흥신소 직원들이 이 통화를 끝으로 더 이상 연락이 안 된다는 설명.

간단한 설명이었지만 경찰이 끼어들 만한 사항이었다.

더군다나 우제일은 '전처럼'이라고 했다. 즉, 살인을 해 본 적이 있다는 뜻이다.

당연히 우제일은 구속돼서는 모조리 불었다.

불 수밖에 없는 상황이었다.

이사였던 그는 성화의 사정을 가장 잘 알고 있는 사람 중

한 명이었고, 또 더 이상 성화가 그리고 김씨 일가가 자신을 도와주지 못한다는 것을 알고 있었다.

그래서 모든 죄를 김씨 일가에게 뒤집어씌우고 형량 협상을 하기로 했고, 김씨 일가는 그대로 파멸을 맞이했다.

결국 해외로 도피하기 위해서 이렇게 낡을 대로 낡은 똥차에 몸을 숨겨야 했다.

"비행기라도 구했어야 할 거 아니야!"

"회장님은 지금 출국 금지 상태입니다. 주요 수배자인지라 사진이 뿌려져서 위조 여권으로도 통과하기가 힘듭니다."

"큭."

"조금만 참으시면 됩니다. 그러면 일본으로 피하실 수 있을 겁니다."

브로커의 안내를 받으면서 부두로 간 김두필은 배의 상태를 보고 부들부들 떨었다.

요트까지는 바라지도 않았다. 하지만 그래도 이건 너무하다 싶었다.

생선 썩은 내가 진동하는, 떠 있는 게 신기할 정도의 낡은 배라니.

"다른 배는?"

"없습니다, 너무 다급하게 구한지라."

"큭……."

구역질이 날 것 같은 배를 보며 김두필은 이를 빠드득 갈았다.

그러나 방법이 없었다.

"아버지는?"

기다리고 있는 사람들에게 다가가던 그는 빈자리를 보고 고개를 갸웃했다.

분명히 같이 도망가기로 했다. 그런데 아직 오지 않았다니?

"병원에서 나오는 도중 경찰의 급습을 받았습니다."

"큭."

즉, 구속되었다는 뜻이다.

하긴, 그에게 붙은 죄목을 생각하면 경찰이 노리지 않을 리가 없다.

"두성이는?"

비록 후계자 싸움으로 다퉜다고 하지만 그래도 형제다.

웃기게도 꼴이 이렇게 되자 걱정되는 것은 어쩔 수 없었다.

"미국 공항에서 체포되셨습니다."

"싯팔……."

경찰이 움직이는 속도는 어마어마했다.

아마도 다른 기업들에게서 상당한 압력을 받았으리라.

"상황이 웃기게 되는군."

아버지와 두성이가 체포당했다. 김화자는 일본으로 시집을 갔지만 이혼소송을 당했다.

성화가 없어졌으니 그녀는 가치가 없어졌고, 그걸 그냥 둘

대동이 아니었다.

이미 이혼소송 중이고, 경찰이 그곳에 가서 기다리고 있으니 소송이 끝나는 즉시 체포될 것이다.

어쩌면 한국으로 온 후에 이혼할지도 모르지만 확실한 건 그녀도 한국으로 끌려올 수밖에 없다는 것이다.

"두만이만 남은 건가."

후계자 싸움에서 철저하게 밀려서 소말리아 지부라는 곳으로 쫓겨 갔다.

말이 소말리아 지부지, 존재하지도 않는 곳이다. 그런데 그런 그가 아이러니하게도 끝까지 살아남았다.

그는 잽싸게 눈치를 까고 남은 돈을 챙겨서 중국으로 날랐다.

그가 숨겨 둔 계좌에 돈이 많지는 않을 테지만 확실한 건, 지금 상황에서 가장 성공한 사람은 다름 아닌 가장 실패했던 김두만이라는 것이다.

"가지."

김두필은 냄새 때문에 토할 것 같아서 코를 막으면서 배위에 올라갔다.

"공해까지 가면 일본에서 보낸 배가 있을 겁니다. 그걸 타고 가시면 됩니다."

"음……."

"걱정하지 마세요. 누구도 여기는 모릅니다."

브로커는 확실하게 말했다.

그러나 그런 그의 확신은 틀린 말이었다.

"누구도는 아니지."

"응?"

허름한 건물 뒤에서 나오는 남자.

그는 노형진이었다.

그리고 그 옆에 있는 사람은 다름 아닌 유민택이었다.

"이 개새끼들!"

자신을 이렇게 만든 사람들, 성화를 무너트리고 자신들을 몰락하게 만든 인간들이 보이자 김두필은 당장이라도 그들을 죽여 버리고 싶었다.

"내려오려고? 그러면 우리야 땡큐지."

노형진은 싱긋 웃으며 말했고, 유민택은 분노에 찬 눈빛으로 그를 노려볼 뿐이었다.

"큭."

그들 뒤에 있는 경호원들의 숫자는 김두필의 경호원보다 많았다.

내려가면 이기기는커녕, 잡혀갈 수밖에 없었다.

"시간이 없습니다."

브로커는 화를 내는 김두필을 말렸다.

"가야 합니다."

"큭."

이를 박박 가는 김두필.

그는 배의 뒤에 서서 노형진을 노려보았다.

어떻게 왔는지 모르지만 노형진과 유민택은 자신을 잡으려고 하는 것 같지 않았다.

'운이 좋았지.'

노형진은 혹시나 하는 마음에 경찰에게 부탁해서 그의 사무실로 들어갔고, 그가 도망갈 거라는 계획을 읽을 수 있었다.

그래서 서둘러서 경찰에게 이야기했고 그 덕분에 도망가려고 하던 김일성과 김두성을 잡을 수 있었다.

하지만 김두필은 살짝 늦었다. 경찰차가 아직 오기 전이었던 것이다.

부르르릉.

엔진에 시동이 걸리고 배를 고정하던 끈이 풀렸다. 그리고 배는 천천히 바다로 향해서 나아가기 시작했다.

"언젠가는 돌아온다! 돌아와서 복수할 거야! 네놈들은 모조리 죽여 버리겠어!"

배의 뒤에서 멀어지는 땅을 보면서, 그리고 그곳에 서 있는 노형진과 유민택을 보면서 고래고래 소리를 지르는 김두필.

노형진은 그런 그를 보면서 안타깝게 중얼거렸다.

"저 새끼, 영화를 너무 많이 봤네."

"이런 상황에서도 자네의 유머 감각은 어디 안 가는군."

"이런 상황이니까 유머를 즐겨야지요. 가장 극적인 순간 아닙니까?"

유민택의 말에 노형진은 대꾸하면서 멀어지는 배를 바라보았다.

　영화에서 보면 이런 경우 주인공이 배를 타고 멀어지면서 뒤늦게 자신을 쫓아온 적들을 놀리는 장면이 있다.

　확실히 영화의 클라이맥스에 어울리는 장면이다. 그러나……

　"김두필은 주인공이 아니고, 이건 영화가 아니니까."

　고래고래 소리를 지르는 김두필의 목소리는 점점 멀어지고 있었다.

　그러나 그 목소리는 곧 들려온 사이렌 소리에 묻혀 버렸다. 배는 서둘러서 빠져나가려고 했지만 그럴 수는 없었다.

　모든 항구는 방파제를 가지고 있다. 파도로 인해서 배들이 부서지는 것을 막기 위해서다.

　그리고 입구는 하나뿐이다.

　그 방파제 옆에서 천천히 나타난 두 대의 배가 입구를 틀어막았다.

　낚싯배는 그걸 보고 결국 엔진을 멈췄다.

　방파제의 유일한 입구가 막힌 이상 자신들은 도망갈 수가 없다.

　설사 도망간다고 해도 이 배는 느리다. 저들을 떨쳐 낼 수가 없다.

　"우리나라에는 해경이라는 게 있단다."

노형진은 멈추는 배를 바라보면서 히죽히죽 말했고, 배에
있던 김두필은 그 모습을 보고 다리가 풀리면서 털썩하고 자
리에 주저앉고 말았다.

⚖️

－성화가 최종 부도가 나면서 그 주변 기업들에 미칠 큰 피해가 우
려되고 있습니다. 성화의 사태를 우려한 각 기업들이 최대한 피해를
줄이려고 하고 있지만 기존 생산분에 대해서는 대책이 없기에 관련
기업들은 그 대책을 정부에 요구하고 있습니다. 한편 스물한 건의 살
인 교사와 세금 포탈, 횡령 등으로 구속된 김 회장 일가는 병을 핑계
로 구치소에서 조사를 거부하고 있습니다. 검찰에서는 증거가 확실
한 만큼 기소에는 어려움이 없다고 발표했으며, 일본에서 도피 중인
김화자는 일본 정부에 망명을 요청했습니다. 일본 정부는 아직 그와
관련해서 어떠한 언급도 없는 상태입니다. 김씨 일가의 막내인 김두
만은 현재 실종 상태로, 프랑스에서 그의 여권과 옷이 발견되었습니
다. 정부는 가짜 여권을 이용해서 도피 중이라 생각하고 있으며…….

차는 조용했다. 커다란 차의 뒷좌석에는 유민택과 노형진
이 앉아 있었다.
라디오에서 들리는 뉴스에서는 성화와 그 파멸을 이야기
하고 있었지만 마치 다른 세상 같은 느낌이었다.

"이상하군."

"공허하십니까?"

"그래."

자신의 두 아들을 죽이고 기업을 삼키려고 했던 성화가 사라졌다. 그들은 몰락했고 그들의 파멸은 전 세계로 퍼져 나갔다.

유민택은 자신이 원하는 대로 그들의 심장에 칼을 박았다.

"그런데…… 좋지는 않아."

"원래 그런 겁니다."

"원래 그렇다고?"

"복수한다고 죽은 사람이 살아 돌아오는 건 아니니까요."

"그렇지…….."

죽은 사람은 살아 돌아오지 않는다.

'그런데 난 왜 돌아왔을까.'

여전히 풀리지 않는 신비.

사실 그걸 고민하고 싶지도 않다. 그저 자신의 일을 할 뿐.

"돌아오지 않지. 그래서 용서하라는 건가?"

"전 개인적으로 그 말이 제일 개소리라고 생각합니다."

"그런가?"

"제가 용서하면 그 사람은 똑같은 짓을 또 할 겁니다. 실수는 용서해야 하지만 실수가 아니라면 용서해서는 안 되지요. 공허하니까 복수하지 말라는 게 아닙니다. 복수는 나를 위한 행동이 아니라 남을 위한 행동이기도 합니다. 자신과 같은 피해자가 생기는 걸 막기 위하는 행동."

"그런가?"

"네. 그래서 전 개인적으로 계획범죄를 한 놈들을 용서하라고 하는 놈들이 제일 싫습니다. 그건 피해자를 하나 더 만들라는 소리밖에 안 됩니다. 아니면 나만 당하는 게 억울하니 다른 누군가도 당해 보라는 개소리가 될 뿐이지요."

"개소리라……."

확실히 성화는 무너졌다. 그리고 점점 드러나는 그들의 패악질은 끝이 없었다.

"거대 기업이 무너진다고 세상이 망한다고요? 천만에요. 기업의 근간은 공장과 사람입니다. 기업이 사라져도 기계는 다른 사람들에게 팔리고 계속 돌아갑니다. 사람은 그 아래에서 계속 일하지요. 결국 바뀌는 건 그걸 운영하는 사람들뿐입니다."

"성화전자처럼 말인가."

"네."

오랜 싸움 끝에 결국 성화전자는 대룡의 품에 안기면서 대룡전자로 이름이 바뀌었다.

힘든 싸움이었지만 노형진이 미다스로서 투자한다고 하자 정부에서는 그걸 노리고 대룡으로 넘겨 버린 것이다.

그리고 그곳에서 대룡에서 나온 사람들이 일하고 있다.

다른 곳도 마찬가지다.

다른 기업들 역시 자신들이 구입한 곳에서 신입으로 채우기보다는 숙련된 기존 사람들을 쓰기를 원한 덕에 생각보다 해직자 사태가 크게 벌어지지는 않았다.

"복수는 남을 위한 행동이라······."

"복수는 공허합니다. 그건 부정할 수 없는 사실입니다. 하지만 그렇다고 복수를 하지 않을 이유는 없지요. 복수를 하든 하지 않든, 결국 그 공허함은 마찬가지니까요."

"그런가?"

"네."

다만 복수는 누군가의 미래를 구할 수 있게 되는 것이 차이랄까.

"도착했습니다."

어느 틈엔가 도착한 차량의 문이 열리면서 비서의 모습이 보였다.

유민택은 차에서 내렸다. 그의 눈앞에는 납골당의 모습이 보였다.

그는 아무런 말도 하지 않고 안으로 들었다 그러자 다른 사람들도 안으로 들어갔다.

그들이 도착한 곳은 나란히 붙어 있는 두 개의 유골함 앞이었다. 유민택은 그걸 멍하니 바라보았다.

두 아이가 죽은 후 그는 눈물을 흘리지 않았다. 오로지 복수를 위해서, 눈물조차도 흘리지 않으며 싸워 왔다.

그리고 오늘, 드디어 복수가 완성되었다.

유민택은 천천히 유골함이 들어 있는 곳에 손을 올렸다. 그리고 소리 죽여서 울기 시작했다.

"끅끅⋯⋯."

울음을 참으며, 울분을 속으로 삼키며 수년간 억눌러 왔던 눈물이 그의 노안에서 흘러넘치기 시작했다.

"끅끅⋯⋯."

누구도 그런 그를 말리지 않았다.

그는 울 자격이 있었다.

"끅끅⋯⋯."

텅 비어 있는 공간에, 유민택의 낮은 울음소리만이 공허하게 울리고 있었다.

생명의 가치

　"응?"

　손채림은 집안의 분위기를 보면서 고개를 갸웃했다.

　그녀가 새론에 들어온 후에 바쁘다고 해서 다른 사람들과의 교류를 아예 단절한 것은 아니다.

　그중에는 업무와 관련이 전혀 없는 사람도 있다. 사람이 사는 게 그러니까.

　그리고 오늘은 그런 사람의 집에 찾아왔다. 원래 오늘 만나기로 약속되어 있었기 때문이다.

　그런데 도착했는데 분위기가 영 이상했다.

　"언니, 왜 그래?"

　"아, 아니야."

"아니긴 뭐가 아니야."

친한 언니의 얼굴은 눈물로 범벅이 되어 있고, 이 시간이면 출근했어야 하는 남편은 안절부절못하면서 전화기 앞에 앉아 있다.

그리고 그 앞에 있는 두 사람의 건장한 남자. 그리고 그 앞에 있는 낯선 기계.

"미안. 오늘 정신이 없어서……. 나중에 오면 안 될까?"

눈이 퉁퉁 부은 언니의 말에 손채림은 주변을 둘러봤다.

그녀는 바보가 아니다. 지금 같은 상황이 어떤 상황인지 모를 정도는 아니다.

"안 좋은 생각인 것 같은데?"

"우리가 좀 곤란해서……."

"내가 여기서 그냥 가면 범인이 경찰을 불렀다고 의심하지 않을까?"

그녀가 움찔했다.

"그렇잖아. 경찰 부르지 말라고 했을 거 아냐? 그런데 보아하니 내가 왔다가 그냥 가면 의심할 거 아냐. 지켜보고 있을 가능성도 있다고."

"채림아."

"나 법률 회사에서 일하잖아. 나 바보 아니야."

그녀는 결심한 듯 입술을 깨물었다. 그리고 손채림을 안으로 들여보내 줬다.

손채림이 안으로 들어오자 앞에 앉아 있던 두 남자가 얼굴을 찌푸렸다.

"낯선 사람을 들이는 건 좋은 생각이 아닙니다."

"낯선 사람 아니거든요, 경찰 아저씨."

"그걸 어떻게⋯⋯?"

"바보라도 지금 상황은 알겠네."

우는 엄마와 기다리는 아빠, 전화기와 연결된 녹음기.

"태현이는 괜찮은 거야?"

역시나 아이가 없었다. 바로 인질극이다.

"아직은⋯⋯."

"얼마나 요구했는데?"

"당신이 돈을 요구한 걸 어떻게 알아?"

경찰은 의심스러운 눈빛으로 바라보았다.

인질극은 의외로 아는 사람들이 저지르는 일이 많다. 그러니 굳이 들어와서 또 말하지 않은 것도 물어보는 그녀가 의심스러울 수밖에.

"나 바보 아니거든요. 단순 실종이면 경찰이 여기에 앉아서 기다리고 있을 리 없잖아요. 그쪽에서 무슨 요구를 했으니 온 거죠."

"허?"

손채림의 말에 두 사람은 놀랍다는 표정이 되었다.

"지금 프로파일을 배우는 중이거든요. 뭐, 흉내 내는 수준이지만."

지난번 사건 이후에 프로파일이라는 것에 관심이 생긴 그녀는 열심히 그걸 배우고 있었다.

회사에서도 프로파일이러는 언제나 부족하기 때문에 두 손 들어서 환영했고.

"7천."

"헐."

적지 않은 돈이다.

손채림은 그녀의 말을 들으면서 주방에서 의자를 가져다가 소파 옆에 두고 앉았다.

"자세한 건?"

"없어. 그냥 태현이를 데리고 있다고, 7천을 준비하라고 한 게 다야."

"음······."

"보아하니 지인인 것 같은데 그냥 끼어들지 말고 구경이나 해요."

"그러고 싶은데······."

그러고 싶다.

그런데 좀 믿을 만해야 가만히 있지. 도무지 믿을 수가 없었다.

'꼴랑 두 명이 뭐야, 두 명이.'

아무리 사람이 없다고 해도 납치극에 두 명이라니.

물론 저쪽에서 경찰을 부르지 말라고 하기는 했다. 그러니 많은 사람이 있어서는 안 된다.

하지만 딱 봐도 저 전화기는 그냥 녹음 기능만 있는 거다. 전화를 추적할 수 있는 장비는 없다.

"미치겠네."

손채림은 머리를 벅벅 긁었다.

"왜 그래?"

"추적 장비도 없고, 그렇다고 바로 움직일 수 있는 상황도 아니고, 돈을 구하려고 하지도 않는 것 같고."

"응?"

"그냥 마냥 기다리는 거야?"

"경찰이 기다리라고 해서……."

"바보 아냐!"

손채림은 소리를 빽 질렀다.

일반적으로 범인이 아이를 데리고 있는 시간은 사흘이다.

그 후에도 협박은 하지만, 그 이상이 흐르면 대부분의 경우 아이를 죽이고 그걸 감춘 채로 협박한다. 그런데 마냥 기다리다니.

"전문가는 어디 있어요?"

"뭐?"

"유괴 전문가 같은 사람들요."

"경찰서에 있지."

"아니, 왜……."

그런 사람은 당연히 여기에서 기다려야 한다. 그런데 경찰서에 있다니.

"우리는 뭐 노는 줄 알아? 우리도 바쁘다고. 어차피 기다리는 동안 서류 작업을 해야 할 거 아냐."

"이런 미친……."

서류 작업이라니. 언제 전화가 올지 모르는 상황에 서류 작업이라니.

"언니, 그냥 내가 아는 사람 부르자."

"뭐?"

"지금 경찰을 우습게 아는 거야?"

"당신들보다는 더 잘 알 것 같은데요?"

"뭐라는 거야?"

경찰들이 화를 냈지만 손채림은 마음이 다급했다.

"언니, 골든타임은 사흘이야. 그 안에 찾아야 해! 그냥 마냥 기다릴 거야?"

"하지만……."

어쩔 줄 몰라 하는 그녀.

"모르는 사람이 계속 다니면 의심하지 않을까?"

"그 방법은 내가 알아서 할게. 날 믿어 줘."

"어……."

고민하던 그때였다.

"그러자."

"여보."

남편이었다.

"지금까지 경찰은 기다리라고만 하잖아. 차라리 이 시간 동안 돈을 구하고 있었어야 했는데……."

"기다리라고 했잖아요."

"그러다가 죽으면 당신이 책임질 겁니까?"

"……."

경찰은 시선을 돌렸다. 그럴 생각이 없으니까.

"그럼 부르세요. 우리는 갈 테니까."

다른 경찰은 짜증스럽게 말했다.

손채림은 그걸 듣고 기가 막혔다. 피해자 부모 앞에서 무슨 막말이란 말인가?

"그거 경찰에 신고해도 되죠?"

"우리가 경찰인데?"

"아, 그러면 감사과에 말하면 되겠네."

"흥, 당신이 뭐라고?"

"나요? 새론 직원인데요. 그리고 지금부터 회사에 연락할 건데요."

두 사람의 얼굴이 사정없이 찡그러지기 시작했다. 그들도 새론의 이름은 알고 있으니까.

"가시려면 가세요. 대신에 옷 벗을 각오 하시고."

두 사람은 조용히 자리에 앉을 수밖에 없었다.

⚖️

"유괴?"

노형진은 손채림의 전화에 절로 얼굴이 찡그러졌다.

–그래. 도와줄 수 있어? 경찰을 못 믿겠어.

"끄응……."

노형진은 한숨부터 나왔다.

유괴는 상당히 특수한 사건이고, 유괴 사건이 벌어지면 전문가부터 불러야 한다.

'경찰서에 미친놈이 하나 있나 보군.'

그럼에도 불구하고 이딴 식으로 하는 건, 보통은 실적에 눈이 어두운 누군가가 알아서 해결하려고 하는 경우다.

실제로 그런 경우가 적지 않아서 살릴 수 있는 사람을 못 살리는 경우가 많다.

"일단은 내가 본청에다 이야기하마. 그리고 바로 갈게. 아무리 나라고 하지만 경찰의 도움 없이는 이거 해결 못 해."

–도대체 왜 이러는 거야?

"실적에 눈먼 놈 하나 있나 보다."

그런 놈이 있다는 건 심각한 문제다. 그런 놈들 때문에 사람이 죽을 수도 있으니까.

-알았어. 바로 전문가 팀 보내고……. 그런데 혹시 몰라서 몰래 들어와야 할 것 같은데, 가능하겠어?

"주변에 있을지도 모른다고 생각하는 거야?"

-그냥 왠지 싸늘하네.

"흠……."

노형진은 입맛을 다셨다.

그렇다면 몰래 들어가는 것은 힘들다.

'방법이 없는 건 아니지.'

돈이 조금 나가겠지만, 방법이 없는 건 아니다.

"거기 아파트지?"

-응? 그렇지.

"알았어. 내가 몰래 들어갈 테니 거기에 있어."

-넌?

"바로 갈게."

노형진은 전화를 내리면서 한숨부터 쉬었다. 그리고 시계를 확인했다.

'열두 시간. 아이가 사라진 지 열두 시간. 그리고 협박 전화가 온 지는 열 시간.'

골든타임은 빠르게 지나가고 있었다.

"빨리 움직여야겠군."

노형진은 벌떡 일어났다. 다른 사건보다 이게 더 우선이었다.

"허."

아파트는 사람들로 바글거리고 있었다. 그럼에도 불구하고 문은 움직이지 않았다.

"거기에 그런 게 있습니까?"

"아파트들은 다 있습니다."

"옆집에서 뭐라고 안 해요?"

"사정을 설명하고 호텔로 모셨지요."

"끄응, 우리도 배워야겠군요."

경찰은 노형진의 말에 혀를 내둘렀다.

노형진이 몰래 들어온 방식은 간단했다. 바로 옆집이다.

보통 옆집에서 건너올 수는 없다. 하지만 화재 시에 대피할 수 있게 부술 수 있는 벽이 베란다에 있는데, 그걸 부수고 넘어온 것이다.

"옆집에 손님이 너무 많이 오면 의심하지 않을까요?"

"그럴 것 같아서 근조 마크를 걸어 놨습니다."

"철두철미하시군요."

흔하지는 않지만 요즘도 장례의 손님 접대를 집에서 하는 경우가 있다. 그런 곳은 사람들이 많이 올 수밖에 없다.

"일단은 사과부터 드려야겠네요."

경찰은 피해자 부모를 만나서 사과부터 드리는 걸로 자신을 소개했다.

"강만중이라고 합니다. 본청 소속입니다."

"네…… 그런데 사과라니."

"서장이 실수했더군요."

이런 사건은 지청에서 해결하기에는 한계가 있다. 그러니 당연히 본청에 연락해서 도움을 요청해야 한다.

그런데 서장이라는 작자가 승진이 다가오자 실적에 목말라서 해결할 수 있다고 오판하고 보고하지 않은 것이다.

확실히 이런 사건은 인사고과가 높기는 하지만, 사람 목숨이 달린 걸 인사고과로 판단할 수는 없다.

"적절한 징계를 할 겁니다."

두 부모는 어이가 없다는 표정이었다.

경찰의 말만 믿고 기다렸는데 제대로 된 명령이 아니었다니.

"지금 그걸 말이라고……."

아버지인 고영만은 너무 어이가 없어서 화도 내지 못했다.

'그럴 줄 알았다.'

실제로 그런 경우가 적지 않다.

한 번은 인질극이 벌어졌는데 구조적으로 돌입이 쉽지 않았다. 그런 경우 스와트나 본청의 훈련된 병력을 써야 하는데, 실적에 눈이 먼 서장이 그들을 부르는 대신에 강력계 형사들을 동원했다.

당연히 그들은 돌입이나 인질 구출이니 저격이니 알지 못

하니 그냥 창문을 부수고 안으로 들어갔고, 그사이에 범인은 인질 두 명을 살해하고 자신도 저항하다가 사살되었다.

창문에 커튼이 있는 것도 아니었고 인질도 똑똑한 놈이 아닌지라 경찰특공대를 불렀으면 깔끔하게 저격으로 끝낼 수 있는 사건이었는데, 개인의 욕심이 불필요한 피해를 만들어 낸 것이다.

'멍청한 새끼들.'

노형진은 절로 욕이 나왔다.

그나마 다행인 건 그 이후에는 병신 짓을 하는 놈이 없었다는 것이다. 지금까지는.

"다행히 새론 측 덕분에 더 늦기 전에 저희가 알아챘으니 저희가 알아서 하겠습니다."

현장 경찰들은 모조리 쫓겨나고 전문가들이 자리를 잡고 작업을 하고 있으니 별문제는 없을 것이다.

"다만 범인에 대해서 조사하기에는 통화 내역이 부족해서요."

강만중의 말에 노형진은 머리를 흔들었다.

"그 부분에 대해서는 저희가 조사 중입니다."

"네? 변호사 사무실에서 그런 게 가능합니까?"

"저희 쪽에 프로파일러 팀이 있거든요. 그분들이 확인 중입니다."

"헐."

강만중은 깜짝 놀랐다.

프로파일러는 흔하지 않은 직업이다. 그래서 경찰에서도 각 도별로 1개 팀씩만 운영한다.

그나마도 다른 업무와 병행시키는 판국이라, 제대로 운영하는 것은 불가능에 가깝다.

그런데 프로파일러 팀을 가지고 있는 변호사들이라니.

"안 그래도 위에다가 보내 달라고 하려 했는데요. 운이 좋군요."

"보내 주기야 하겠죠, 한 이틀쯤 있다가."

"끄응."

정곡을 찌르는 노형진의 말에 강만중은 부정할 수가 없었다.

일은 많은데 사람이 부족하니 언제나 늦을 수밖에 없다.

전화한다고 바로 오는 것도 아니고 신청하고 서류 처리하고 다시 명령 내리고 그러는 데 이틀은 걸릴 것이고, 그때쯤이면 골든타임은 이미 다 지나간 후일 게 뻔했다.

"일단은 가서 이야기를 들어 보죠."

노형진은 강만중과 함께 김소라에게 다가갔다.

김소라는 팀원 그리고 손채림과 함께 돈을 요구하는 전화를 몇 번이고 듣고 있었다.

—닷새 내에 돈 7천만 원을 준비해 놔라. 그 이후에는 우리 쪽에서 명령한다.

아주 짧고 간결한 말이었다. 그 이후에는 더 이상 말도 하지 않고 그대로 끊어 버렸다.

"어떤가요?"

노형진이 김소라에게 다가가자 그녀는 듣고 있던 녹음기를 껐다.

"지금 주변 인물을 조사 중이지요?"

"네? 그렇지요. 보통 이런 일은 주변 인물이 벌이는 경우가 많으니까."

지난번에도 그런 적이 있었다.

알고 봤더니 원한을 가진 작자가 복수를 위해서 유괴를 한 일이었다.

그때도 경찰은 주변 인물을 뒤진다면서 피해자 부모와 사이가 좋지 않은 형제를 조사했었다.

"이번에는 의미가 없어요. 다른 쪽으로 방향을 바꿔야 해요."

"네? 그게 무슨 말씀이신지……?"

"이걸 들어 보세요."

김소라는 다시 녹음된 파일을 들려줬는데, 그걸 들으면서 강만중은 무슨 의미가 있는지 알지 못해 고개를 갸웃했다.

"이게 무슨 의미가 있나요? 돈을 요구하는 것뿐인데."

"그렇지요. 중요한 건 시간이에요."

"시간?"

"30초. 우리가 상대방을 추적하기 위해 필요한 시간이지요. 그런데 이 녹음 내용은 15초 안에 끝나요. 만일 주변 인물이라면 이렇게 간단하게 하지 않아요. 원한을 가진 경우라면 이야기가 더 길어지지요. 톤에도 변화가 있고."

"그게 무슨 말씀이신지?"

"이들은 프로라는 거예요."

강만중의 얼굴이 딱딱하게 굳었다.

프로. 즉, 전문 유괴범이라는 뜻이다.

전문적으로 유괴를 해서 돈을 뜯어내는 사람들은 실제로 존재한다.

경찰은 유괴가 벌어지면 보통 주변 인물부터 털기 시작하는데, 그 주변 인물에 대한 조사가 끝날 때쯤이면 이들은 이미 잠수를 탄 후다.

"그리고 이 녹음 내용을 들어 보세요. 특히 말이 끝나고 나서의 소리요."

"말이 끝나고 나서의 소리?"

"네."

사람들은 조용히 그 소리를 들었다.

말이 끝나고 난 후 몇 초가 지났을까?

'응?'

뭔가 희미하게 딸깍하는 소리가 들려왔다.

아주 희미해서, 인식하지 않으면 모를 정도의 목소리.

"이건?"

"말 자체도 본인이 한 것이 아니라는 거죠. 실수나 말이 길어지는 것에 대비해서 아예 녹음해 놓은 거예요."

이런 식이면 상대방이 추적하기 위해서 말을 끌고 싶어도 불가능해진다. 상대방은 녹음된 내용만 말하고 끊어 버리면 그만이니까.

당연히 협상의 여지 따위는 없다.

"이런 걸로 봐서는 전문적으로 유괴하는 놈일 거예요."

"하지만 그런 녀석이 있다는 건……."

"생각보다 경찰에 신고하지 않는 부모들이 많다는 거죠."

노형진의 말에 강만중은 우려 섞인 표정이 되었다.

그건 지금까지 얼마나 많은 피해자가 발생했는지 모른다는 뜻이 되기 때문이다.

"목소리에도 변화가 없고 또 딱 정해진 시간에만 움직였어요. 용의주도한 놈이에요."

김소라는 확신할 수 있었다. 이놈은 이번 사건이 처음이 아니라는 것을 말이다.

"그러면 그 녀석이 태현이에게 위해를 끼칠 가능성은 얼마나 될까요?"

"약속만 지키면 100% 돌려줄 거예요. 하지만 안 주면 100% 죽이겠지요."

"뭐라고요?"

대답이 노형진에게서 나오자 강만중은 노형진을 물끄러미 바라보았다.

노형진은 심각한 얼굴로 그 이유를 설명했다.

"지금까지 이런 일에 대한 신고는 없었습니다. 만일 죽이고 돌려보내지 않았다면 신고가 있었을 테지요."

"아……."

하지만 유괴 후 살인에 대한 신고는 없었다.

전국에서 벌어지는 유괴 사건이 모두 자신의 팀으로 오니 그건 확실하다.

"하지만 돌아온 후에 신고할 수도 있지 않습니까?"

"피해자 입장에서는 쉬운 게 아니지요."

자녀가 돌아왔다고 해도 자신들이 어디에 사는지 뻔히 하는 게 범인이다.

이사를 할 수도 있다고 하지만, 그런다고 해서 떨쳐 낼 수 있으리라는 보장도 없다.

범인들의 특성을 봤을 때 신고하면 보복한다는 협박을 할 가능성이 아주 높으니, 협박에 굴해서 신고하는 대신에 돈을 준 피해자들이 그 협박을 듣고 경찰에 신고할 가능성은 지극히 낮다.

"설마요."

"설마가 아닙니다."

미국에서는 이런 식으로 범죄를 저지르는 집단이 실제로 존재한다.

당연히 정부에서는 그들을 박멸하기 위해 온갖 방법을 다 써 봤지만 쉽게 박멸되지 않았다.

'한국에서는 처음인 것 같지만.'

보이지 않는다고 해서 그런 범죄가 없다는 건 아니니 무조건 방심할 수는 없는 노릇.

"전문 범죄 팀이라……."

강만중은 절로 눈이 찡그러졌다.

그럴 수밖에 없는 게, 이런 경우에 대해서는 정확한 대응책이 없었기 때문이다.

물론 유괴에 대한 커리큘럼은 있다. 그리고 유괴범들이 전혀 관련 없는 작자들인 경우에 대한 수사 방법도 존재한다.

그러나 팀으로 움직이는 집단에 대한 수사 방식은 없다. 아직까지 그런 일이 없었으니까.

'어쩐다…….'

일반적으로 가장 먼저 수사를 진행하는 방식은 CCTV를 조사하는 것이다.

유괴를 모의하는 순간부터 범인은 대상을 추적하기 시작한다. 그러니 CCTV에 촬영되었을 가능성이 높다.

그러나 팀이라고 하면 여러 명이 돌아가면서 움직였을 테고, 그렇다면 특정하기가 쉽지 않다.

"혹시 이런 것에 대한 방법을 좀 아십니까?"

강만중은 혹시나 하는 생각에 물었다.

"조금은요."

"그럼 도움을 주실 수 있을까요? 저희 팀은 이렇게 팀으로 움직이는 유괴범은 처음입니다. 개인적으로 하는 놈들은 많이 봤습니다만."

"아마도 한국에서는 처음이지 싶군요."

"그런데 그건 어떻게?"

"미국의 사례를 조사했지요."

"아!"

사례만 조사한 게 아니라 실제로 그런 일을 겪은 적이 있었다. 그리고 그 당시 미국 조사관들의 조사 방식을 조금이나마 보기도 했다.

"일단은 피해자가 중요합니다."

"피해자요?"

"네. 금액부터가 애매하니까요."

"네?"

"7천만 원이라는 금액은 큰돈입니다. 하지만 팀이 나누면 아주 큰돈은 아니지요."

"그게 무슨 말씀이신지?"

"개인과 팀의 범죄의 목적이 다르다는 것입니다."

"둘 다 목적은 돈 아닙니까?"

"그렇지요. 하지만 그 돈을 얻은 후에 쓰는 방식이 다르지요."

개인 범죄자의 경우 그 돈이 필요한 이유가 유흥 같은 것 때문인 경우는 극히 드물다.

왜냐하면 단순히 유흥을 즐기기 위해서 유괴 협박을 해서 돈을 뜯어내기에는 그 처벌이 너무나 강하기 때문이다.

"그러니 개인적 유괴 협박은 자신이 필요한 돈, 그러니까 변제해야 하는 빚인 경우가 많습니다."

강만중은 고개를 끄덕거렸다.

실제로 그가 지금까지 해결한 대부분의 사건에서 범인들의 범죄 목적은 빚을 갚는 것이었다.

"하지만 범죄 조직은 아닙니다. 빚을 갚으려고 들어온 놈도 있겠지만, 그 돈으로 유흥하려고 하는 놈들도 있지요."

"그런데요?"

"문제는 7천이라는 돈입니다."

"음?"

"생각해 보세요. 피해자들은 고영만 씨 가족뿐만이 아닐 겁니다. 신고된 것도 없지요. 그렇다면 다른 피해자들은 돈을 주고 아이를 되찾았다는 뜻입니다. 그들에게 그런 돈이 있는지 범인들이 어떻게 알까요?"

"그 말은? 범인이 고영만 씨 집안의 재산 사정을 알고 있다?"

"네."

이런 유괴는 그냥 지나가다가 '아, 돈이 있어 보인다. 유괴해야지.' 하고 벌이는 게 아니다.

그런 건 개인적 범죄에나 해당되지, 이런 조직적 유괴는 상대방도 신중하게 결정한다.

"집단이다 보니 돈을 나누면 그 수익은 적어집니다. 그런데 7천이라는 돈을 요구했죠. 만일 단순히 돈이 목적이라면 부자를 유괴해서 3억이나 4억쯤 요구하는 게 간단한데도 말이지요."

"재산 상태를 알고 있다라……."

강만중은 이에 대해서 곰곰이 생각하더니 아내를 진정시키고 있는 고영만에게 접근했다.

"혹시 재산이 얼마나 되십니까?"

"네?"

"재산 말입니다."

"그거야, 정확하게는 몰라서……."

노형진은 그런 강만중을 보면서 머리를 흔들었다. 그의 질문이 잘못되어 있다는 사실을 안 것이다.

"질문이 틀렸습니다. 이 경우는 가진 재산이 중요한 게 아니라 동원할 수 있는 현금입니다."

"네?"

"상대방은 닷새라는 시간을 줬습니다. 재산이 200억이 있으면 뭐합니까? 문제는 정해진 시간 안에 융통할 수 있는 자금이지."

"아!"

고영만은 자신의 상황을 곰곰이 생각했다.

자신이 가진 돈이 대략 2천만 원. 퇴직금 사전 정산은 시간이 걸려서 안 된다. 그렇다면 대출한다고 한다면…….

"최대 1억이군요. 아버지가 사 주신 아파트를 담보대출까지 한다고 하면요."

"음."

7천보다는 많은 돈이다.

"틀린 것 같은데요?"

"틀린 게 아닙니다. 저쪽이 요구하는 것은 최대가 아니라 치고 빠질 수 있는, 최대한 빠르게 할 수 있는 거지요."

"그러면?"

"담보대출은 승인이 오래 걸립니다. 다른 걸 생각해 보세요."

"그러면 사채인데 기껏해야 5천 정도……."

말을 하던 고영만은 움찔했다.

자신이 가진 2천과 사채 5천. 합하면 딱 7천이다.

"헐!"

강만중은 살짝 소름이 돋았다. 진짜로 딱 맞아떨어질 줄이야.

"그러면 피해자의 재산 내역을 알아야 한다는 건데."

"네, 아마도 범인 중 한 명은 은행원일 겁니다."

"은행원?"

"네."

은행원은 기록을 볼 수 있고 재산 내역을 확인할 수 있다. 그러니 그중에서 범인을 고를 수 있다.

"하지만 그럴 거면 차라리 부자를 고르는 게 훨씬 나은 선택 아닌가요?"

"바보는 아닐 테니까요. 부자는 건드려 봤자 좋은 꼴 못 봅니다."

"네?"

"한 번에 몇억씩 동원할 수 있는 사람을 건드리면, 그가 그냥 물러날까요?"

"그렇군요."

일단은 돈을 주고 아이를 찾아올 것이다. 그러나 그 후에 경찰을 불러서 조사를 시키든 아니면 조폭을 동원해서 죽여 버릴 것이다.

그들에게는 그럴 만한 힘이 있으니까.

경찰에 신고한 후에 해외에 나가서 조용히 관광하다 오면 경찰이 알아서 찾아서 처리한 후일 테니까.

"하지만 일반인들은 그러지 못하지요."

그들은 범인의 보복을 두려워하며 다시는 그들을 만나지 않기만을 기도하면서 지낼 수밖에 없다.

일반인들은 스스로를 보호할 수도, 그들을 피해서 도망갈 수도 없으니까.

"헐."

"그런 겁니다."

실제로 미국에서도 몇몇 초짜 조직이 부자들을 건드리는 경우도 있었다. 자칭 갱이라고 하면서 말이다.

그러나 현실은 개판이었다.

대부분 경찰과의 교전 중에 사살되거나 다른 갱단에 의해서 살해되는 것으로 그 끝을 보곤 했다.

　　"리더는 아마 미국에서 생활한 경험이 있을 겁니다."

　　"미국에서요?"

　　"한국은 이런 식의 범죄가 없었습니다. 이건 미국에서 많이 벌어지는 범죄 중 하나지요. 만일 자생적으로 발생했다면 수익을 나눠야 하니 부자부터 노렸을 겁니다."

　　"아! 하지만 그런 내용이 없군요."

　　"네."

　　그런 내용이 없다는 것은, 결과적으로 그들이 어디선가 경험을 했다는 뜻이다. 그렇다면 어디서 배웠을까?

　　노형진은 미국이라고 생각했다.

　　"은행원 한 명에 미국에서 온 리더라."

　　확실히 추적 범위가 줄어들기는 했지만 여전히 너무나 많다.

　　은행원이 한두 명도 아니고, 미국에서 온 사람도 한두 명이 아니다.

　　"일단은 은행부터 정확하게 특정해야겠군요."

　　강만중은 고영만을 바라보았다.

　　사용하는 은행이 어딘지 말해 달라는 뜻이었다.

　　"어, 세계은행이랑 두리은행 그리고 태평양은행인데요."

　　무려 세 곳이나 쓴다는 말에 절로 눈을 찌푸리는 강만중.

　　"그렇게 생각하실 거 없습니다."

"네?"

"다른 피해자들에게 물어보면 됩니다."

"다른 피해자들이 누군지 알지도 못하는데요?"

"그건 그들이 유괴 신고를 하지 않아서 그렇지요."

"그럼?"

"하지만 실종 신고는 하지 않았을까요? 유괴 대상은 어린아이들입니다. 성인이 아니에요. 애가 사라졌는데 언젠가 알아서 오겠지 생각하면서 두 손 놓고 기다리는 사람은 없습니다."

"아하!"

"그 안에서 우리는 조건이 맞는 사람을 찾으면 됩니다."

실종 신고 후 닷새가 지난 후에 실종 신고를 취하한 사람.

그 사람이 피해자일 가능성이 높다.

"그 정도는 찾으실 수 있죠?"

"어렵지 않을 겁니다."

강만중은 고개를 끄덕거렸고, 그렇게 본격적인 추적이 시작되었다.

한국에는 상당수의 실종자가 있다. 그중 일부는 찾기도 하고 일부는 찾지 못하기도 한다.

보통 대부분의 사람들은 찾지 못한 사람들에게 집중하기

마련이다.

그러나 이번에는 달랐다.

실종자를 찾아낸, 그리고 특정 조건을 만족시킨 사람을 찾는 것이다.

"초등학생 이하 미성년자. 실종 시간은 닷새 정도. 그 후 실종 신고 취하."

많다면 많은 조건이지만 적다면 적은 조건이다.

왜냐하면, 초등학생의 경우 닷새 이상이 지나면 찾을 확률이 극단적으로 적어지기 때문이다.

단순 가출은 길어 봐야 사흘이다. 중학생쯤 되면 장기 가출도 하지만 초등학생, 그것도 저학년이 닷새씩 가출하는 경우는 극히 드물다.

"열여덟 명입니다."

강만중은 목록을 찾아서 가지고 왔다.

서울과 경기 일대에서 벌어진 일들이었다.

"서울과 경기라."

"특이할 정도로 서울과 경기 쪽으로 몰려 있군요. 왜 그럴까요?"

"돈이 문제죠."

"돈?"

"네, 아무래도 지방은 가난하니까요."

지방에서 아무리 잘산다고 해도 서울만 하지는 않다.

상대적으로 지방은 현금화된 자산을 동원하는 것이 쉽지 않다.

"지역을 보세요. 서울에서도 부촌으로 취급되는 동네와 경기도권의 신도시들입니다. 돈이 많다고 여겨지는 곳이지요."

부촌이 아니라 부촌으로 취급되는 동네다.

부촌은 부자들만 있으니 접근도 쉽지 않고 추적이 쉽게 될 게 뻔하니 그런 것이리라.

마찬가지로 경기도권의 신도시들은 아파트촌으로 된 경우가 대부분이다. 워낙 유동 인구가 많으니 추적은 쉽지 않다.

"전화로 연락해 봤습니까?"

"네."

"예상대로던가요?"

"네, 말씀하신 대로 황급하게 끊더군요."

노형진은 입맛을 다셨다.

"드러난 것만 열여덟 건이군요."

"네."

만일 아무런 일도 없고 단순 가출이었다면 그들이 전화를 끊을 이유가 없다.

그들이 경찰의 전화에 다급하게 끊는다는 것은, 두려운 것이 있다는 뜻이다.

"저희 쪽에서는 추적해 볼 생각입니다."

"저희도 일부 가지고 가도록 하지요."

"그래 주시면 감사하지요. 경찰이라고 하면 일단 거리감을 두는 사람들이 적지 않아서요."

강만중은 명단을 노형진에게 건넸고, 노형진은 그 명단을 보면서 씁쓸해진 입맛을 다실 수밖에 없었다.

⚖️

"우리는 모른다니까요! 아, 왜 자꾸 물어요. 모른다니까!"

노형진이 찾아간 사람들은 모른 척하면서 바깥으로 일행을 밀어내려고만 했다.

노형진은 2층짜리 건물을 힐끗 보았다.

'사방에 카메라군.'

물론 카메라를 두는 게 이상한 것은 아니다.

하지만 이상할 정도로 카메라가 많고, 벽에는 적외선 감지기까지 달려 있다. 그리고 입구 역시 주변에서 보는 흔한 게 아니라 상당한 두께의 강철 문이다.

'창문도 그렇고.'

창문에는 보안 창이 달려 있었는데, 모두 새로 한 지 얼마 되지 않아서 번쩍번쩍 광이 나고 있었다.

뭔가 두려워하고 있다는 뜻이리라.

"그런데 왜 실종 신고를 하셨어요?"

"애가 안 보이면 할 수도 있지요!"

"그런데 왜 애가 돌아왔는데 닷새가 지나서야 취소하신 거예요?"

"깜빡하고 안 한 것뿐이에요."

모른 척하고 딱 잡아떼는 엄마를 보면서 손채림은 속이 참 답답했다.

"말씀드렸잖아요, 다른 피해자가 생겼다고. 다른 피해자 분들을 보호하기 위해서라도 사실을 말해 주세요. 그래야 범인을 잡지요."

"범인 같은 건 없다니까요."

문을 쾅 하고 닫고 들어가는 여자.

손채림은 닫혀 버린 문을 보면서 눈을 찡그릴 뿐이었다.

"답이 없네, 진짜."

"쉽지 않을 거라고 했잖아. 애초에 처음부터 신고할 생각이었으면 신고했어. 그런데 하지 않았다는 건, 관련되고 싶지 않다는 거지. 거기에 우리가 찾아간다고 사실대로 말하겠어?"

"그러면 어떻게 해? 여기서 물러나? 그냥 참으라고? 그러면 태현이는? 뭐든 증거가 있어야 하잖아."

손채림은 다급했다.

자신이 아는 아이가 사라졌는데 마냥 기다릴 수는 없는 노릇 아닌가?

"알아. 그렇지만 저쪽에서 쉽게 이야기해 주겠어?"

"그러면 어쩌지?"

"어쩌긴. 이런 경우는 간단해."

"어떻게?"

"우리가 저쪽보다 더 무서운 사람이 되면 되는 거야."

"뭐? 그게 무슨 소리야?"

"말 그대로야. 협박에 굴해서 입을 다무는 사람들이 적은 건 아니거든."

물론 그들이 잘못한 것은 아니다.

하지만 그렇게 된다면 필연적으로 추가적인 피해자가 발생할 수밖에 없다.

더군다나 본인은 그들이 언제 올지 모른다는 공포에 평생을 제대로 움직이지도 못하면서 벌벌 떨면서 살 수밖에 없다.

"그러니 우리가 그쪽보다 훨씬 무서운 척하는 거지."

"어떻게? 우리가 유괴할 수 있는 것도 아니잖아?"

노형진은 피식 웃었다.

"우리는 공권력을 등에 업고 있잖아. 유괴범들은 기껏해야 혼자서 움직이지만, 우리는 공권력을 가진 집단이라고."

"응?"

"두고 봐."

노형진은 문으로 가서 벨을 눌렀다.

하지만 상대방은 신경을 안 쓰기로 했는지 문도 열어 주지 않고 그냥 무시할 뿐이었다.

'뭐, 예상한 일이다.'

보통은 이런 식으로 대하면 대부분은 포기하고 돌아가기 마련이다. 물론 그런 사람들은 대부분 좋게 이야기해서 설득하려고 하는 거고.

하지만 노형진은 설득하려고 누르는 게 아니었다.

찌이이잉, 찌이이잉, 찌이이잉.

끊임없이 울리는 벨 소리.

처음에는 무시하던 집주인도 10분이 넘게 계속 울리자 결국 포기하고 인터폰을 들 수밖에 없었다.

－난 상관없다니까요! 그런 거 알지도 못하고!

화를 버럭 내는 여자.

하지만 노형진은 굳이 설득하려고 하지 않았다. 대신에 마이크에 대고 담담하게 말했다.

"그러면 잡혔을 때 방조범으로 처벌받을 각오도 하신 거지요?"

－뭐라고요?

"범인에 대해서 알고 범죄에 대해서 알고, 신고도 안 하고 적극적으로 범인을 보호하고 있지 않습니까?"

－증거 있어요?

"그러니까 잡히면 고발하겠다는 겁니다. 이러다가 살인이라도 나면…… 어디 보자, 살인의 방조범이 되시는군요. 아드님이 참 좋아하시겠네요."

－다, 당신! 지금 그걸 말이라고……!

"아드님이 그러겠지요, 알고 보니 자기 엄마가 자신을 유괴했던 범인을 도와준 방조범이라고. 그러면 아이의 인생은 어떻게 될까요? 거기에다 다른 아이를 죽일 걸 알면서도 모른 척했다는 걸 알면, 아이는 무슨 생각을 할까요?"

"헐."

노형진의 협박 아닌 협박을 들으면서 손채림은 입을 쩍 벌렸다.

사실 이 경우는 방조범으로 보기 힘들다.

일단 협박을 받았기 때문에 신고를 못 한 거지, 방조한 건 아니니까.

"야, 그건 무리 아니야?"

나지막하게 말하는 손채림.

노형진은 그런 손채림에게 빙긋 미소를 지으면서 말했다.

"저쪽은 그걸 모르지."

"그거야 그렇지."

애매모호한 단어로 이렇게 밀어붙이면 대부분의 사람들은 속아 넘어갈 수밖에 없다.

당장 방조범이라는 것도 사건이 벌어지는 걸 알면서도 그걸 막지 않은 사람에게 말하는 건데, 지금 저 여자는 알고 있는 상황이다.

협박이 무서워서 신고 못 한다고 하지만, 그래도 일단은 방조범의 범위에 들어가기는 한다.

다만 그 이후에 처벌 사유에서 떨어져 나갈 뿐.

"수십 명의 유괴범 사건이니 아마 언론에서도 대서특필할 텐데, 방조범으로 언론에 얼굴이 팔리면 가족들도 여기서는 못 살겠지요. 아니, 한국에 사는 거 자체가 힘들 것 같은데요? 외국에 나간다고 한들 적응이나 할 수 있을지. 미국은 총기 사고 많은 거 아시죠? 동남아 쪽은 한국인 대상 유괴가 많은 나라고, 일본은 방사능 천지인 데다 그 이전에 한국에 대한 이지메가 극단적으로 심하고. 중국 쪽은 공해가 심하지요?"

툭툭 던지면서 염장을 지르는 노형진.

"그걸 감수하고 방조하시겠다고 하니 고발을 진행하도록 하겠습니다."

노형진은 바로 마이크를 껐다. 그리고 주저하지 않고 몸을 돌렸다.

"자, 가자."

"응? 가자고?"

"그래."

"아니, 아직 이야기가 안 끝났는데."

"그러니까 가자는 거야."

"헐?"

노형진은 주저하지 않고 몸을 돌려서 그곳에서 멀어지려고 했다.

그러는 순간.

덜컹!

시끄러운 소리를 내면서 열리는 문.

"헐, 열어 주네?"

"저 사람들이 협박에 굴하는 이유는 간단해. 현재의 삶을 지키기 위해서야. 그건 어쩔 수 없는 일이지. 그런데 동시에 협박받는데 한쪽은 합법이고 한쪽은 불법이라면, 당연히 합법 쪽을 선택할 수밖에 없어. 사람은 그런 존재니까."

"기분이 좋지 않네."

"다른 사건은 모르지만 유괴는 남의 기분까지 챙겨 가면서 증거 모을 시간 따위는 없어."

손채림은 고개를 끄덕거리고는 노형진과 함께 집 안으로 들어갔다.

"가자고. 이제 범인에 대해서 알아봐야지."

배운 게 도둑질이라더니

"어떻게 얻어 오신 겁니까?"

강만중은 깜짝 놀랐다.

다른 곳에 사람을 보냈지만 다들 입을 꾸욱 다물고 절대로 이야기하지 않으려고 했다. 그런데 오로지 노형진만 정보를 가지고 온 것이다.

"뭐, 살짝 협박했지요."

"협박요?"

얼굴을 찌푸리는 강만중.

"우리는 변호사지, 경찰이 아니니까요."

"아……."

경찰이 협박하면 여러모로 문제가 된다. 하지만 변호사라고 하면 그 기준에서 좀 더 자유롭다.

고발할 수도 있지만, 상황의 급박함을 이유로 무죄를 받아낼 수도 있으니까.

"그래서 제가 몇 개를 달라고 한 겁니다. 경찰은 아무리 상황이 안 좋아도 부탁 말고는 못 하니까."

"끄응……."

경찰의 한계를 알고 있는 강만중은 신음 소리를 낼 수밖에 없었다.

"그래도 가지고 온 정보치고는 신통한 건 없네요."

그들도 범인에 대해서 알지는 못했다.

범인들은 철저하게 모습을 드러내지 않았고, 돈도 얼굴을 보고 받은 게 아니라 지하철에 있는 사물함을 이용했다.

닷새가 지나면 그들로부터 어디에 돈을 넣으라는 연락이 오고, 그 후에 돈을 넣으면 자녀는 인근 지하철역 근처에 버려진 채로 발견된다.

피해자는 안대를 하고 있어서 누군지 범인을 알지도 못하고 말이다.

결국 벌어질 일에 대한 대략적인 개요만 알았을 뿐 범인 개인에 대한 정보는 얻은 게 없었다.

"결국 최선은 지하철에 있는 사물함을 감시하는 방법뿐인 것 같군요."

강만중은 그렇게 생각했다.

그러다가 누군가가 오면 그를 잡아서 족치는 수밖에 없다.

"좋은 생각은 아닐 겁니다."

"아니, 왜요?"

"이렇게 치밀하게 하는 놈이 자기 사람을 보낼까요?"

"아……."

지하철 사물함은 번호만 있으면 열 수 있다. 그리고 경찰이 추적한다면 그곳을 감시하고 있을 가능성이 높다.

"잡아 봐야 아무것도 모르는 심부름꾼이나 잡겠지요."

"싯팔."

강만중의 얼굴이 찡그려졌다.

틀린 말은 아니다.

이들은 상당히 지능적이고, 전문적으로 유괴하는 놈들이다. 그러니 그럴 가능성이 높다.

"그리고 돈을 넣었다고 해도 애가 그들의 손에 있습니다. 이렇게 조직으로 움직이는 녀석들이 무서운 건 우리가 움직이는 걸 아는 순간 그들도 움직일 가능성이 높다는 겁니다."

"으음……."

개인 범인은 돈을 가지러 직접 갔다가 잡히면 일단 경찰이 조사해서 아이가 있는 곳에 대해서 알아낼 시간이 있다.

도와줄 사람도 없고 그렇다고 도망갈 구석도 없으니, 결국은 사실대로 말할 수밖에 없다.

"하지만 이렇게 조직으로 움직이는 작자들은 다르지요."

한 명이 잡혔다고 생각하는 순간 다른 작자들은 아이를 죽이고 잠수를 탈 것이다. 그 과정에서 그들은 관련 증거를 모조리 처분할 것이다.

잡혀 버린 녀석은 난 몰랐다고, 단순 심부름꾼이라고 주장하면 풀려날 가능성이 높다.

"돌겠네요."

이미 전화번호도 추적해 봤다. 하지만 그건 외국인 명의의 대포폰이다.

CCTV도 추적해 봤지만 마땅한 것을 찾지 못했다.

철저하게 자신들을 감추는 상황.

"이런 상황에서는……."

노형진은 잠깐 생각하다가 손채림을 바라보았다.

"너는 어떻게 할래?"

"응?"

"생각해 봐, 너라면 어떻게 할지."

"아니, 왜 나한테 불똥이 튀어?"

"불똥이 튀는 게 아니라, 네가 프로파일을 배우고 싶다면서? 그렇다면 그거에 대해서 생각하는 방법을 찾아야지. 너라면 이 상황에서 어떻게 할 거야?"

"음……."

손채림은 턱을 만지작거리면서 생각에 빠졌다.

확실히 노형진의 말대로 자신은 프로파일을 배우고 있고

그쪽으로 가기를 원하고 있다. 그러니 그들처럼 생각하는 버릇을 들여야 한다.

그들처럼…….

"그들이라…….”

"모르겠어?"

"나라면…….”

그녀는 잠깐 고민 끝에 입을 열었다.

"그 주변을 감시하겠어.”

"응?"

"네가 말했잖아, 상대방은 직접 오지는 않을 거라고.”

"그렇지.”

"하지만 그들이 순수하게 심부름을 하는 사람을 믿을까? 난 아니라고 봐. 그들이 우연히라도 그 안에 있는 돈을 본다면 그걸 들고 도망갈 수도 있거든. 최악의 경우 신고할 수도 있으니, 누군가는 그 심부름을 하는 사람을 감시하고 있지 않을까?”

"아하!"

강만중은 탄성을 내질렀다.

맞는 말이다. 그들이 자신을 드러내지 않으려고 한다지만, 그렇다고 상대방을 전적으로 믿으려고 하지도 않을 것이다.

"누군가는 감시하겠군요.”

"좋은 생각이네.”

노형진은 손채림의 말에 씩 웃었다.

솔직히 자신이 생각한 방식은 아니지만 손채림이 이야기한 방식도 훌륭한 조사 방법이다.

"내 방법하고 병행하면 되겠어."

"병행요? 설마 다른 방법이 있단 말입니까?"

강만중은 깜짝 놀랐다.

자신들은 방향을 못 잡고 있는데 이들은 방법이 두 개라니?

"네. 제 방법은 퀵 서비스를 이용하는 겁니다."

"퀵이라니요?"

"사람들이 의심받지 않고 빠르게 구할 수 있으며 또 묻지도 따지지 않고 일해 주는 사람을 어떻게 구할까요?"

"퀵이군요."

"네."

인터넷으로 구하려고 한다고 하면 일 자체가 이상한 일이다 보니 의심할 것이다.

그렇다고 자신의 사람을 보낼 수는 없다.

그리고 인터넷으로 일하는 놈들을 믿을 수는 없는 노릇이다. 한탕 하고 숨어 버리려고 하는 놈들도 있으니까.

"하지만 퀵은 다르지요."

바로바로 구할 수 있고, 그들은 질문 따위는 안 한다.

안 한다기보다는 못 한다. 시간이 없으니까.

거기에다가 퀵을 하는 사람들에게 오는 일거리는 이상한

게 적지 않다.

단순 서류나 물건 배달뿐 아니라 음식 배달, 심지어는 속옷을 사다 달라는 심부름까지 시키기 때문이다.

"그들에게 짐을 지하철 사물함에서 꺼내서 가져다 달라는 부탁은 그다지 이상할 것도 없는 의뢰지요."

"퀵이라……."

"범인들은 피해자들에게 상당히 꼼꼼히 포장하도록 요구하고 있습니다. 혹시나 퀵 서비스 직원이 보기를 원하지 않으니까 그런 것이겠지요."

일단 돈을 신문지로 한 번 감싸고 다시 종이로 된 쇼핑 봉투에 넣어서 그걸 봉한 후 다시 가방에 넣는 방식으로, 삼중으로 포장하게 요구했다.

그런 식이면 우연이라도 퀵 서비스 직원이 그걸 볼 가능성은 없다.

"만일 일행이 오는 거라면 그렇게 꼼꼼하게 포장할 것을 요구할 이유가 없지요. 그러니 전 퀵이라고 생각한 겁니다."

"헐……."

강만중은 문득 부러운 얼굴로 노형진을 바라보았다.

"그게 프로파일이라는 겁니까?"

"뭐, 관련 방식하고 비슷하기는 하지요. 엄밀하게 말하면 프로파일은 아닙니다. 추론이지요. 왜 그러시나요?"

"그냥, 부러워서 말입니다."

주먹구구식으로 자료를 수집하고 증거를 털어 대는 방식이 아니라 그들의 방식을 분석하는 것.

그건 현재 대한민국 경찰에서 상당히 부족한 방식 중 하나다.

"프로파일 팀을 경찰서 하나당 하나씩만 배당했으면 좋겠네요."

"저도 그랬으면 좋겠습니다."

하지만 프로파일을 배우는 건 쉬운 일이 아니다.

더군다나 한국은 체계적으로 가르쳐 주는 조직도, 학교도 없다.

범죄심리학과라고 해서 최근에 가르쳐 주기는 하지만, 그러기 위해서는 심리학 관련 4년제 대학을 나와서 대학원으로 진학해서 공부해야 한다.

그리고 그렇게 해서 프로파일러가 되어도 프로파일러 특채 같은 게 없으니 경찰이 된다는 보장도 없고, 경찰 시험을 본 후에 해당 부서 발령을 가야 하는 형태인 데다가 그 정도면 최고급 인력임에도 불구하고 일반 경찰과 월급은 똑같은데 일은 많다.

더군다나 경찰에서는 예산 운운하면서 그 숫자를 늘릴 생각을 하지 않아서 티오 자체가 적다.

그러니 언제나 부족할 수밖에.

'하여간 우리나라는 전문가에 대한 취급이 개부랄만큼이나 지랄 같다니까.'

소위 말하는 '좆문가'들, 입으로만 떠드는 정치인들에게는 매년 지원금으로 수억씩 퍼 주면서 수년씩 공부한 진짜 전문가들은 뜯어먹기 좋은 호구 취급이다.

"새로운 기법을 배웠군요."

강만중은 이 상황에서도 기분이 좋았다.

새로운 수사 기법을 알게 되었다는 것은 다른 상황에서도 대처할 수 있는 방법을 알게 되었다는 것을 뜻이니까.

"그러면 새로운 기법을 하나 더 소개시켜 드리지요."

"더?"

"네. 그러기 위해서는 퀵을 더 시켜야 할 겁니다."

"네?"

그는 어리둥절할 수밖에 없었다.

⚖️

닷새라는 시간은 금방 지나갔다.

닷새째가 되자 예정대로 전화가 왔고, 그는 15초 안에 전처럼 미리 녹음한 자신의 말만 틀어 주고는 전화를 끊어 버렸다.

─강나루역 4번 출구 아래 있는 22번 보관함에 돈을 넣어놔라. 포장은 신문지로 한 번, 쇼핑백에 한 번, 가방에 한 번, 총 세 번 포장해라. 시간은 내일 오후 3시까지다.

전화가 끊어지고 나자 추적 팀은 어깨를 으쓱했다.

"역시나 못 찾았습니다."

"끄응……."

상대방은 아주 익숙하게 움직이고 있다. 이런 식이면 전화 추적은 불가능하다.

"결국 남은 건 보관함뿐이군요."

"그렇겠지요."

노형진은 돈을 포장하면서 고개를 끄덕거렸다.

"아마 지금쯤이면 그쪽도 준비해 놨을 겁니다. 퀵 회사들에 대한 조사는 어떤가요?"

"역도 많고 퀵 회사도 많아서……."

그들이 퀵을 쓸 거라 생각하지만 그렇다고 퀵 서비스를 이용할 만한 곳을 전부 조사하는 것은 쉬운 게 아니다. 퀵 서비스를 이용하는 곳들이 너무 많으니까

"가능하면 빨리해 주세요."

"하지만 퀵도 전화로 부른 거면 의미가 없는데요."

"당연히 대포폰으로 불렀을 겁니다. 하지만 가는 장소는 어쩔 수가 없지요."

"아하!"

"자세한 건 그 후에 이야기하지요."

노형진은 그렇게 포장한 가방을 고영만에게 내밀었다.

"다른 사람이 가면 의심할 겁니다. 아버지가 직접 해 주셔

야 할 겁니다."

그걸 본 고영만은 침을 꿀꺽 삼켰다.

자신의 아들의 목숨값을 가지고 있다는 것이 상당히 부담되는 일이었던 것이다.

"걱정하지 마세요. 그동안의 조사 결과에 따르면 녀석들은 돈을 받으면 100% 자녀를 돌려보내 줬습니다."

영화에서는 애초에 돈을 안 주고 인질범과 협상은 없다는 식으로 말하지만, 사실 돈을 주고 인질의 안전을 확보하고 난 후에 체포하는 것도 하나의 방법이고, 실제로 적지 않은 경우가 이런 식으로 해결된다.

특히 이런 조직형 집단은 섣불리 움직이는 대신에 인질의 안전을 위해서 이런 식으로 하는 게 보통이다.

"혹시나 신고한 거 알아차리거나 한 거 아닐까요?"

"그런 거라면 전화가 오지 않았어야 합니다."

어차피 대상은 많고 위험부담을 감수할 생각이 없는 놈들이니 경찰이 끼었다고 하면 바로 꼬리를 감았을 것이다.

"그런 상황에서도 돈을 가지고 오라는 것은, 돈보다는 원한을 가진 경우이니까요."

즉, 그들은 아직까지 경찰이 끼어든 것을 모르고 있다는 뜻이다.

'운이 좋다고 해야 하나?'

서장이 무능해서 초반에 사람을 두 명만 붙이는 바람에 그

들이 경찰에 신고했으리라는 생각을 못 하고 있을 가능성이
높다.

게다가 그 후에는 옆집을 빌려서 근조 마크를 걸고 수시로
사람들이 드나들면서 장례를 치르는 것처럼 꾸며 놨으니 옆
집에 드나드는 사람들을 의심할 리도 없고.

"일단은 아이를 찾고 그 후에 범인을 추적하는 방식으로
할 겁니다."

"네."

고영만은 고개를 끄덕거리고는 가방을 꽉 쥐었다.

"최대한 자연스럽게 하겠습니다."

"아니요. 마음대로 하세요."

"네?"

"자연스럽게 하라는 건 영화구요, 이건 현실입니다."

자녀가 유괴당했는데 자연스러우면 그게 더 이상한 거다.

당연히 공포와 스트레스에 찌든 상태에서, 혹시나 자신을
보고 있지 않을까 주변을 두리번거리는 게 정상이다.

"엥, 그런 거였어?"

"그렇지."

손채림은 어이가 없다는 듯 말했다.

자신은 자연스럽게 하라는 게 기본인 줄 알았는데.

"그런데 왜 영화에서는?"

"범인도 영화를 보니까."

"엉?"

"수사 기법 알려 줄 일 있냐?"

"아하!"

범인들도 영화를 볼 수 있는 놈들이다.

그러니 그들이 수사 기법을 알아차릴 수 있는 모든 방법은 감춰 둔다.

"하지만 미드에서는……."

"거기에 나오는 절반은 상상이고, 절반은 10년 이상 된 오래된 기술이야."

"으응? 가짜라고?"

"그래."

가령 유전자 검사 결과 같은 건 드라마처럼 빨리 나오지 않는다.

과거보다 훨씬 빨라지기는 했지만 그렇다고 해서 그것처럼 몇 시간 만에 짠 하고 나오지 않는다.

"그건 상상이지."

"그러면 다른 건?"

"이제는 누구나 알 만한 오래된 기술."

기타 다른 기술들은 오래되어서 기밀을 유지할 만한 가치가 없이 알려진 기술들이다.

범죄의 조사에 관련된 최신 기술은 절대 나오지 않는다.

"그게 구닥다리라고요?"

강만중은 왠지 한숨이 나오는 얼굴이 되었다.

"왜 그러십니까?"

"아니, 우리나라는 그거 하나만 있어도 좋겠다고 생각했는데……."

"미국이 달리 미국이 아니지요."

그런 장비는 한 대당 수십억을 호가한다. 그리고 미국은 그걸 각 지역 연구소별로 배치해 두고 있다.

물론 한국에도 있다.

그러나 한국은 그 가격 때문에 고작 한두 대뿐이고 이걸로 전국을 커버한다. 그러니 분석 의뢰를 맡겨도 짧아야 2주다.

"천조국이라는 말이 괜히 생긴 게 아닙니다."

"하아……."

"어찌 되었건 이런 상황에서 자연스러운 건 극심한 스트레스를 받는 모습입니다."

"그렇겠군요."

"일단은 고영만 씨가 출발했으니 우리도 출발하지요."

다른 사람들은 고개를 끄덕거렸다.

"1번 출구 체크."

"2번 출구 체크."

사람들이 번잡하게 다니는 곳에서 경찰들은 잠복한 채로 범인을 기다리고 있었다.

물론 범인이 아니라 다른 사람이 올 거라는 것은 안다.

그러나 손채림의 말대로 누군가는 그를 감시할 것이다.

"슬슬 시작하지요."

노형진의 말에 강만중은 고개를 끄덕거렸다.

"알겠습니다."

그는 고개를 끄덕거리고는 어디론가 전화했다.

그리고 잠시 시간이 지났을 때 헬멧에 마스크를 쓴 사람이 나타났고, 잠복한 경찰들은 잔뜩 긴장했다.

－대상이 계단을 내려갑니다.

무전기에서 들리는 목소리.

"주변을 잘 감시하시기 바랍니다."

강만중이 그렇게 말하고 작은 카메라들이 주변을 감시하기 시작했다.

그러나 그 카메라들이 보고 있는 대상은 그 퀵 서비스 직원이 아니었다. 다른 경찰들 역시 그가 아닌 주변을 감시하고 있었다.

"미리 사람을 보낸다라……. 좋은 생각이군요."

"그들도 예민할 테니까요."

한 번에 누가 범인인지 알 수는 없다.

그들이 퀵을 보낸 건 알고 감시는 하겠지만, 그 대상이 누군지 알 수가 없으니까.

"하지만 이런 식이면 상대방도 반응할 수밖에 없지요."

일반적인 퀵이니 상대방도 누가 자기네 조직이 보낸 퀵인지 알지 못할 테고, 퀵이 올 때마다 필요 이상으로 예민하게 반응할 가능성이 높다.

한 번도 아니고 여러 번 그러면 그가 범인이라는 뜻이다.

한 번에 감시하는 것보다 여러 번 감시하는 것이 확실히 범인을 특정하기는 좋다.

─1번 출구 쪽 이상 없습니다.

─2번 출구 이상 무.

─편의점 이상 없습니다.

"큭."

강만중인 연달아 오는 보고에 신음 소리를 냈다. 범인이 누군지 골라내지 못한 것이다.

그러는 사이 퀵 배달부는 자연스럽게 물건을 꺼내서 올라갔다.

당연히 경찰이 부른 사람이니 다른 사물함에 있는 물건을 꺼내 갔고 말이다.

범인은 사물함 번호를 알고 있을 테니 다른 사물함에서 꺼내 가는 그를 의심하지는 않을 것이다.

"잘 숨었군요."

"그러게요."

노형진은 절로 눈이 찡그러졌다.

'생각보다 찾는 게 쉽지 않겠어.'

지하철은 넓고 안에는 상가가 많다. 그러니 숨어 있으면 찾기 쉽지 않다.

"두 번째 사람을 보내세요. 좀 더 확실하게 살펴보라고 하세요."

"네."

그렇게 두 번째, 세 번째 사람이 갔지만 반응하는 사람은 없었다.

"없는 건가?"

"그럴 리가."

그들도 바보도 아니고 감시하지 않을 리 없다. 그러니 누군가는 감시를 붙였을 텐데.

"직원이 아닐까요?"

"그랬으면 다른 사건도 여기서 했어야지요. 직원이 이탈할 수는 없으니까."

"끄응, 다시 보낼 수도 없고."

퀵이 너무 많이 가도 의심받는다.

더군다나 미리 물건을 넣어 둔 보관함은 세 대뿐이다.

퀵이 내려왔다가 물건도 안 가지고 올라가면 상대방은 의심할 것이다.

"어디서 잘못된 거지?"

노형진은 등골이 오싹해졌다.

자신이 실수한 걸까?

자신의 예상과 다르게 퀵이 아니라 다른 사람을 보낸 걸까?

하지만 그건 자신이 생각한 그들의 방식과는 너무나 다르다.

"잠깐만."

"응?"

손채림은 그 와중에 카메라에 신경을 썼다.

"왜?"

"아니, 아까 이상한 게 있었어."

"이상한 거?"

"응."

"어떤 거?"

"어…… 이게 몇 번이지? 7번인가? 그래, 7번 카메라 좀
돌려 보시겠어요? 네, 네. 그쪽으로요. 오케이, 거기요."

카메라가 돌아가다가 멈춘 곳은 다름 아닌 화장품 가게였다.

"여기가 왜?"

"아니, 저 여자 이상하지 않아?"

"뭐가?"

그냥 산뜻한 원피스를 입은 아가씨다. 예쁘다는 느낌이 들
기는 하지만 이상하다는 느낌은 들지 않는다.

"뭐가 이상한데?"

"이 여자, 아까부터 서 있었어."

"그래?"

"그래."

"화장품 고르는 거 아니야?"

"그럴 수도 있는데 이상해서."

"뭐가?"

"내가 이 여자를 기억한 이유가 저 가방이거든."

"가방?"

"그래. 형진이 너도 알지?"

"아, 확실히 네가 가방이나 그쪽에 관심이 많지."

그녀는 원래 부잣집에서 태어났고 어머니가 가방 쪽에 관심이 많아서 그녀도 관심이 많다.

물론 지금은 명품 가방을 살 여건이 아니기는 하지만 그래도 여전히 관심을 가지고 이런저런 정보를 모으는 걸 좋아한다는 것을 알고 있다. 그래서 한번 사건을 해결한 적도 있고.

"그런데 왜?"

"저 여자 가방, 한정판이야."

"그게 뭐 이상해?"

"아니, 그래서 내가 기억한 것뿐이야."

"그런데?"

"그런데 저 여자, 벌써 40분째 립스틱 코너에서 고르고 있거든. 그런데 아무리 그래도 그렇게 오래 있지는 않아. 직원이 눈치를 주니까."

"응?"

"그리고 한정판 가방을 사는 사람이 저런 립스틱 코너에서 40분 동안 고를 리 없지. 저 브랜드는 10~20대를 겨냥한 저가 브랜드라고."

"그래?"

"그래. 지하철역에 고가 브랜드가 들어올 리 없잖아?"

노형진은 그 상표를 바라보았다.

확실히 자신이 아는 한 사회 초년생들이 많이 가는 저가 브랜드다.

립스틱이라고 해 봐야 1만 원 정도 할 것이다. 고가 브랜드의 립스틱은 6만 원을 넘으니까.

"비싼 거라면 저렇게 고르는 걸 이해라도 하지, 1만 원밖에 안 하는 걸 저렇게 비싼 가방을 가진 사람이 이렇게 오래 고르겠어?"

"응?"

그러고 보니 그렇게 여건이 된다고 하면 더 비싼 곳으로 가지, 저가형 브랜드에 가지는 않을 것이다.

설사 관심이 몽땅 가방으로 쏠려서 가방만 좋고 다른 건 저가형을 쓴다고 해도 그냥 한두 개 사서 나가지, 40분씩 고를 리 없다.

"저 정도 버티고 서서 고르면 직원들 눈치가 얼마나 보이는데."

다른 화장품을 고르는 것도 아니고 그냥 립스틱만 40분째라니.

"하지만 저 여자, 아직도 고개를 돌리고 있는데요? 반대 방향 아닙니까?"

"그러네."

보관함에서는 정반대 방향을 향해 서 있는 그 여자.

노형진은 문득 매대 위에 붙어 있는 뭔가를 바라보았다.

카메라에는 각도가 안 맞아서 보이지 않았지만 상당히 기다란 뭔가였다.

'광고판도 아니고.'

광고판이면 카메라에 보였어야 한다.

그러나 광고도 아니고, 그렇다고 그냥 폼으로 달아 뒀을 리는 없고⋯⋯.

"거울."

"네?"

"저 기다란 거, 거울 아닙니까?"

의심스러운 여자 옆에 있는 누군가가 립스틱을 바르더니 그 긴 물건 쪽으로 얼굴을 들이밀고 좌우로 돌려 보는 것이 보였다.

"립스틱을 바르면 확인해야 하니까요."

그리고 거울이면 고개를 돌리지 않아도 확실하게 보관함을 감시할 수 있다.

"저 여자군."

허점이었다.

유괴범이라고 해서 남자만 생각했다. 특히나 이런 조직적 범죄는 남자가 대부분이다.

하지만 대부분일 뿐, 조직원 중에 여자가 없으라는 법은 없다. 대부분이라는 말은 그저 확률의 문제일 뿐이다.

"헐."

여자 조직원이라고는 전혀 예상하지 못한 강만중.

"이러니 다른 형사들이 모르지요."

어떤 형사가 정반대 방향을 보고 있는 그녀를 의심하겠는가?

"찾았군요."

강만중은 당장이라도 내려가서 잡고 싶은지 엉덩이를 들 썩거렸다.

"진정하세요. 지금 잡으면 말짱 황입니다."

"알아요, 압니다. 하지만……."

카메라의 각도상 그녀의 얼굴은 보이지 않으니 만일 여기서 놓치게 된다면 추적이 불가능해진다.

그때였다.

—들어갑니다.

다른 경찰의 목소리. 모두가 그쪽으로 시선이 돌아갔다.

그리고 퀵 배달부가 내려가는 모습이 보였다.

그는 시계를 보면서 다급하게 내려가더니 능숙하게 보관

함을 열어 가방을 들고 다시 계단을 올라갔다.

"드디어 가는군요."

아마도 그는 그 안에 뭐가 들어 있는지 꿈에도 생각하지 못하고 있을 것이다.

"저 여자 봐."

손채림은 그사이에도 그 여자를 바라보았다.

배달부가 올라가자 그녀는 아무렇지도 않게 화장품 두어 개를 집더니 계산하고 그곳을 나왔다.

"빙고."

노형진은 그걸 보고 싱긋 웃었다.

그녀가 카드로 계산한 것이다.

"범인 맞네."

손채림은 확신하듯 말했다.

"어떻게?"

"지금 봤잖아, 화장품 들고 계산하는 거. 내용물을 확인하고 하자가 있는지 보는 게 일반적인 여자들의 버릇이라고. 립스틱 하나 샀는데 거기에 찍혀 있는 자국이라도 하나 있으면 얼마나 속상한데."

"헐."

"그런데 저 여자는 그것도 아니잖아."

그냥 대충 있는 걸 집어서 계산하고 휙 나가 버렸다.

꼼꼼하게 40분이나 고른 것치고는 이상할 정도다.

"2번 출구. 지금 올라가는 분홍 원피스를 입은 여자를 확인하도록."

―로저.

잠시 후 2번 출구에서 노점상으로 꾸미고 있던 형사에게서 연락이 왔다.

―용의자는 올라와서 다른 차량을 타고 움직였습니다.

"다른 차량?"

―그렇습니다. 국산 승용차입니다. 차량 번호가 ○○ 차 ○○○○입니다.

차량을 조회한 강만중은 머리를 절레절레 흔들었다.

"아무래도 대포차인 모양이군요."

"네?"

"세금이 2년째 체납되었습니다. 딱지도 무려 마흔 개가 넘구요."

보통 이런 경우는 구청에서 운행하지 못하고 번호판을 영치한다. 즉, 그걸 떼어 낸다는 뜻이다.

그런데 그러지 않았다는 것은 그 차를 찾지 못했다는 뜻, 즉 대포차일 가능성이 높다는 것이다.

"대포차라……."

치밀하게 준비하기는 한 모양이다.

―추적을 시작했습니다.

무전기에서 차량을 추적한다는 말이 나왔다.

"기대는 하지 않는 게 좋을 겁니다. 절대로 걸리면 안 됩니다."

"안 걸립니다."

강만중은 확신했다.

"그러면 우리는 여기서 그들을 조사해야겠군요."

이제 남은 것은 그 여자에 대한 조사였다.

⚖

"이름은 안혜영, 나이는 29세, 직업은 은행원입니다. 예상대로군요."

노형진은 분명히 일당 중에서 은행원이 있다고 생각했다.

"도대체 뭐가 아쉬워서 일당이 된 걸까요?"

"허영이지요."

"허영?"

"네. 그 가방 보셨습니까?"

은행원은 매일매일 엄청난 돈을 관리한다.

대부분의 멀쩡한 사람들은 그걸 돈이 아니라 그저 종이 쪼가리라고 생각한다. 자신의 돈도 아니고, 자신의 것으로 만들 수도 없으니까.

"하지만 그러지 못하는 사람들이 있지요."

돈을 만지면서 허영이 드는 사람들.

그들은 그 허영을 채우기 위해서 자금을 횡령하거나 범죄에 빠져든다.

"그녀는 은행원이니 가입자들의 정보를 보는 게 어려운 건 아니겠군요."

"그럴 겁니다."

그녀가 대상을 고르고, 다른 녀석들이 유괴할 것이다.

"그런데 왜 감시는 그녀가 할까요?"

"상대적인 겁니다."

"상대적?"

"네."

유괴범은 대부분이 남자다. 여자 유괴범들은 남성 유괴범에 비해서 상대적으로 수가 적다.

그러니 일반적으로 의심을 해도 남자를 의심하지, 젊은 여자를 의심하지는 않는다.

"거기에다 화장품 가게에 있는 그녀를 누가 의심할까요?"

"그런가요?"

고개를 갸웃하는 강만중.

그런 강만중에게 손채림이 첨언해 줬다.

"해당 브랜드는 상당히 공격적으로 확장하고 있어요. 어지간한 상가와 연결된 지하철에는 거의 그 브랜드가 있지요."

"그렇군요."

"그러니까 그곳에 있는 사람들을 의심하지는 않을 거 아니에요? 여자들만 바글바글한데 누가 의심하겠어요?"

"하긴."

자신들도 의심하지 않아서 하마터면 놓칠 뻔했으니.

"도착 장소는 어떤 곳이던가요?"

중요한 것은 퀵이 도착한 장소다.

"퀵은 남양주 쪽으로 빠졌습니다. 다른 배달 퀵들도 찾았
는데, 다들 남양주 쪽으로 갔다고 하더군요."

"본거지는 찾은 셈이군요."

강만중은 고개를 끄덕거렸다.

"남양주로 가서 약속된 장소에서 그걸 건넸답니다."

"얼굴은 기억을 못 하던가요?"

"후드를 뒤집어쓰고 마스크를 쓰고 있었다고 하더군요."

"음."

동, 호수도 아니고 그냥 정해진 장소에서 받아 가다 보니
의심할 틈도 없었을 것이다.

"모든 퀵은 남양주에 있는 가가마트라는 대형 마트 앞에서
받아 갔습니다."

"가가마트라."

인터넷으로 보니 번화가 한복판에 있는 커다란 마트다.

"그 후에……."

다음 일을 하려고 하는 찰나에 울리는 전화벨.

모두의 시선이 그곳으로 향했다.

강만중은 전화기를 들고 잠시 통화하더니 안도의 한숨을 내쉬었다.

"태현이가 돌아왔답니다."

"하아……."

손채림은 다행이라는 듯 깊은 한숨을 내쉬었다.

"예상대로군요."

일단 돈을 주면 아이는 안전하게 돌려준다.

"아이는 어떤가요?"

"비몽사몽이랍니다."

"비몽사몽?"

"네. 수면제를 계속 먹인 모양입니다."

"음……."

그러니 범인을 찾을 수 없으리라.

유괴된 아이는 아무런 기억이 없을 테니까.

"아이는 찾았다고 해도 녀석들에 대한 추적은 멈추면 안 됩니다."

"압니다."

강만중은 고개를 끄덕거렸다.

"일단은 안혜영의 전화를 조사 중입니다만, 특이 사항은 없습니다."

"이렇게 치밀한 녀석이라면 분명히 대포폰으로 통화하고 있을 테니까요."

이것이법이다

"그런가요?"

"네."

노형진은 그렇게 말하면서 이번 사건을 천천히 되짚어 봤다.

상당히 능숙하게 구성된 작전, 그리고 전략적 선택.

한국에는 대포폰이 있지만 미국은 선불폰이 있다.

물론 신분증을 보여 줘야 팔기는 하지만, 암시장에서 싼 가격에 구하는 건 어려운 게 아니다.

'이건 누군가 배운 거야.'

지금까지 한국에서 이런 식의 범죄는 없었다.

이건 미국에서 갱단이 먼저 시작한 방식으로, 돈을 주면 확실하게 돌려준다는 이유로 인해서 대부분 경찰에 신고하기보다는 돈을 주는 것을 선호한다.

그렇다면 추적하는 방법은 간단하다.

"주변에서 미국에 갔다 온 사람은요?"

"네?"

"말씀드렸잖습니까? 이건 미국에서 발생한 방식입니다. 한국에서 자생적으로 만들어졌다고 보기에는 너무 능숙해요. 만일 자생적으로 발생한 거라면 아마도 초반에 걸렸을 겁니다. 하지만 수십 번을 하는 동안 우리는 몰랐습니다."

"확실히 그렇군요."

"그러니 누군가 미국에서 배워서 온 녀석이 있을 겁니다. 그 녀석이 이 방법을 짠 리더일 테고요."

"미국이라……."

"보통은 남자 친구인데……."

"남자 친구는 없습니다."

안혜영은 남자 친구가 없다.

"아무리 허영이 심해도 이런 위험한 짓에 쉽게 끼어드는 사람은 없습니다. 누군가 그가 믿을 만한 사람이 있을 겁니다."

모르는 사람이 접근한다고 해서 유괴에 끼어드는 사람은 없다. 그러니 서로 믿을 만한 사람이어야 한다.

"가족 중에서도 없는데요."

"이상하군요."

분명히 있어야 한다. 그렇지 않으면 그녀가 사건을 접할 이유가 없다.

"혹시 말이야, 우리가 너무 먼 데서 찾는 거 아냐?"

"응?"

"은행이 있잖아."

"은행에서 만났다고? 하지만 남자 친구는 없는데?"

"남자 친구라는 보장은 없지."

"보장은 없다고?"

"그래."

"무슨 뜻이야?"

"남들이 모르는 관계라는 게 있잖아."

"남들이 모르는……."

노형진은 눈을 지푸렸다.

"불륜 말이야?"

고개를 끄덕거리는 손채림.

"그런 관계가, 우리가 턴다고 나올까?"

"하긴……."

만일 대포폰으로 대화한다면 그들의 관계가 드러날 리 없다. 그리고 서로 불륜의 관계라면 상당히 믿음직한 사이이기도 하다.

"다른 지점에서 만났을 리는 없으니 해당 지점에서 유부남에 미국을 갔다 온 사람이면 확 줄지 않을까?"

"확 줄겠지."

어쩌면 진실은 생각보다 가까이 있을지도 몰랐다.

⚖️

"그거 김단수 과장 같은데요?"

극비리에 점장을 만나자 점장은 어렵지 않게 유추해 냈다.

"김단수 과장?"

"네."

"불륜 관계인가요?"

"그건 모릅니다. 하지만 김단수 과장이 확실히 유부남이기는 하지요. 그리고 우리 지점에서 미국에 갔다 온 사람은 그 사람 한 명뿐이에요."

은행에 있는 사람이 한 명뿐이라고 생각했는데 두 명이나 될 줄이야.

"그 사람이 미국에서 6년간 유학하고 왔다고 하더군요. 말은 원어민 수준으로 합니다만."

"네? 무슨 말씀이신지?"

"그러니까 6년 유학한 것치고는 그다지 뛰어난 인재는 아니라는 겁니다."

"으음……."

노형진은 과거에 해결했던 사건이 기억났다.

한국에서 유학 온 어중이떠중이 유학생들이 갱단을 만들어서 활동했던 사건.

그걸 핑계로 한국에서 인맥을 만들어서 범죄를 저지르던 사건.

"영어는 잘합니다. 아니, 영어만 잘하지요."

"영어만 잘한다라……."

"솔직히 말하면 그 녀석, 횡령 혐의로 은밀히 내사 중입니다."

"네?"

그건 예상하지 못했던 사건이었기 때문에 강만중은 되물을 수밖에 없었다.

"말 그대로입니다."

영어 능통자로 발탁되어서 입사하기는 했는데 실력은 그

이것이 법이다

다지 좋지 않았다. 말 그대로 영어만 할 줄 아는 것이다.

"그런데 횡령 의심을 받고 있다라."

그러면 그걸 메꾸지 않으면 처벌받을 것이다.

'과장이라…….'

그의 나이를 봐서는 노형진이 그 갱단을 날려 버리기 전에 한국에 들어온 것으로 볼 수 있다.

그 갱단이 날아가고 와해되기는 했지만 거기 출신의 모든 작자들이 다 처벌받은 것은 아니다.

'하지만 거기 출신이라면 이런 방식의 범죄에 대해서 능숙하겠지.'

그 당시 그들에게서 찾아낸 증거에 따르면 그들이 이런 식의 범죄를 저지른 기록이 있으니까.

'횡령을 저지른 자와 허영이 가득한 여자 그리고 그곳 출신이라면 같이 들어온 조직원 출신이 있겠지.'

유학생이라는 특성상 그들은 어쩔 수 없이 한국으로 들어와야 한다.

공부를 잘해서 해당 학교나 지역에서 스카우트할 수도 있지만, 애초에 공부보다는 갱단 만들어서 돌아다니던 녀석들이니 스카우트로 거기에 정착할 가능성은 제로에 가깝다.

"그렇다면 범인은 김단수 과장과 같은 미국 유학자들일 겁니다."

"그걸 어떻게 아시죠?"

노형진은 강만중에게 미국에 있던 한국 갱단에 관련된 사건을 이야기해 줬다.

"그러면 모든 게 설명되는군요."

범죄 방식에 익숙한 이유, 그리고 쉽게 믿을 만한 놈들을 얻을 수 있었던 방식까지.

같은 갱단 출신만 찾아내면 되니까.

"배운 게 도둑질이라더니."

"미국에서 하라는 공부는 안 하고 갱단 짓거리를 하고 다녔으니……."

결국 고국으로 돌아온 후에도 능력이 없으니 과거의 짓거리를 다시 하려고 하는 것이다.

"김단수라……."

"아마도 그 녀석이 주범인 것 같군요."

그렇지 않다면 안혜영을 끼워 넣지는 않았을 것이다. 그녀는 미국 유학파도 아니니까.

"드디어 꼬리를 잡았군요."

이제 남은 것은 체포하는 것뿐이었다.

　김단수는 언제나처럼 출근하고 퇴근하고 있었다.

　별반 다를 바 없다. 가끔 안혜영과 모텔을 가는 것 빼고는
말이다.

　"불륜인 건 확실하고."

　문제는 그가 다른 범인과 만나지 않는다는 것.

　"쉽게 안 잡힐 겁니다. 계획범죄를 짠 녀석이고, 더군다나
익숙한 녀석이니까."

　"하지만 그 녀석을 어떻게 잡지요?"

　"음……."

　증거가 있어야 녀석들을 잡을 수 있다. 그런데 그 증거라
는 게 없다.

"집에 감시를 붙일 수도 없고……."

"통화 내역을 감시하는 것도 안 됩니까?"

"대포폰 번호를 알아내지 못했습니다."

"다른 유학자는?"

"너무 많아요."

미국에서 유학하고 매년 돌아오는 숫자는 수만이 넘는다. 그들을 다 조사할 수는 없는 노릇이다.

"결국 확실하게 하려면 미끼를 던져야 한다는 거군요."

"어떻게요?"

"돈이지요."

"돈?"

"네."

"무슨 수로?"

"저 녀석이 절대로 포기 못 할 만한 군침 도는 미끼를 만들어서 던지면 어떨까요?"

"무슨 말씀이신지?"

"저 녀석들이 피해자를 선정할 때 하는 방식은 아시죠?"

"그렇지요."

돈은 있지만 힘은 없는, 그리고 자금을 확실하게 동원할 수 있는 사람.

"그런 사람을 보여 주는 겁니다."

"그런 사람을 보여 준다?"

"네."

"아하! 계좌를 만들자는 거구나."

손채림은 노형진의 작전을 알아듣고는 확신한 듯 외쳤다.

노형진은 고개를 끄덕거렸다.

"저 녀석의 조건에 맞는 사람으로 위장해서 말이지요."

"그러려면 돈이 있어야 하는데, 그 정도 돈은 없는데요?"

"돈이야 제가 내면 됩니다."

"네?"

"그 정도 여유는 있습니다."

수십억도 아니고 기껏해야 1억 정도다. 노형진이 미끼로 내놓는 데 전혀 문제가 없는 돈이다.

더군다나 진짜 털리는 것도 아니고 그냥 미끼일 뿐이다.

"그러니 떡밥을 깔아야지요."

"음…… 어떻게요? 안혜영에게 가서 계좌를 만들까요?"

"그러면 도리어 경계할 겁니다."

자신을 노리고 접근했다는 티를 내면 안 된다.

"바로 옆에 있는 사람이라면 어떨까요?"

"오!"

바로 옆에 있는 직원이라면 서로 대화하는 게 다 들릴 것이다.

그리고 안혜영도 떡밥을 물 테고.

"그런 의미에서 강 형사님이 나서 주셔야겠습니다."

"에? 제가요?"

"전 나서기에는 너무 어려서요."

"으음……."

확실히 초등학생급 자녀가 있다고 보기에는 너무 어려 보인다.

"좋습니다."

강만중은 씩 웃으면서 자신이 미끼가 되는 데 적극 동참하기로 했다.

⚖️

"이번에 아버지 재산을 물려받아서요, 하하하."

사람 좋게 웃는 사람, 강만중은 무려 2억이라는 돈을 입금하면서 실실 웃었다.

"아버지가 가진 땅이 재개발되었지 뭡니까? 그래서 저한테 무려 2억을 주시더군요. 쪼그만 회사에 다니면서 이 돈 벌려면 평생 걸리는데 땡잡았어요, 하하하."

그는 마치 졸부라도 된 것처럼 끊임없이 떠들면서 그 돈을 입금시켰다.

"고객님, 그러면 이 돈은 계속 두실 건가요? 차라리 투자를 하시는 것이……?"

"아니에요. 우리 아들 대학 자금으로 둘 겁니다. 투자했다가 날려 먹으면 또 곤란하니까."

자연스럽게 자녀가 있다는 사실까지 자랑한 그는 계좌를 받아 가면서 씩 웃었다.

그가 떠들고 있을 때 그 옆에 있던 안혜영의 눈에서 빛이 나는 것을 분명히 봤기 때문이다.

'자, 떡밥을 물었으니 확실하게 당겨 보라고.'

⚖️

같은 시간, 노형진은 김단수의 장인과 장모를 만나고 있었다. 그리고 그들에게 김단수의 상황을 이야기했다.

"지금 그걸 믿으라는 거요?"

"믿지 않으셔도 상관없습니다. 하지만 저희는 사실을 말씀드렸고, 수사 중입니다."

"으음……."

김단수의 장인은 신음 소리를 낼 뿐, 아무런 말도 하지 못했다.

김단수가 자신들에게 살갑게 대하는 사위는 아니지만 그렇다고 범죄자라고 생각한 적도 없기 때문이다.

"그래서 사위를 어쩔 거요? 체포할 거요?"

"체포하기에는 증거가 부족합니다. 그래서 수사해야 하는데……."

"그런데?"

"집에 감시 장비를 설치할까 생각 중입니다."

"그걸 우리한테 왜 말하는 거요?"

"아내분에게 말할 수는 없으니까요."

"그게 무슨 말이오? 우리 딸이 공범이라도 된다는 거요!"

"그게 아닙니다."

공범일 거라고 생각하지는 않는다. 하지만 카메라를 설치하면 그녀가 어색하게 생각할 수도 있다.

더군다나 자신들이 노리는 것은 김단수가 사건을 조작하는 현장을 잡는 것이다.

공범이 아니라면, 아무리 카메라를 설치한다고 해도 그가 범죄 준비를 하지 않을 것이다.

"아내분을 집에서 빼내려고 하는 겁니다."

"빼내?"

"네."

집에 아내도 없고 자녀도 없다면 그는 집 안에서 마음 놓고 통화할 것이고, 그걸 감시한다면 사건을 증명할 수 있다.

"그래서 고민했습니다. 어떻게 자연스럽게 빼낼 것인가. 그러다 생각난 게 두 분입니다."

"우리가 부르기라도 하라는 거요?"

"그러면 어색하지요. 하지만 두 분이 교통사고가 난다면 어떨까요?"

"교통사고?"

"네. 따님이 외동딸이지요?"

"그렇죠."

"만일 두 분이 교통사고가 나서 입원했다면, 누가 병간호를 해야 할까요?"

"끄응……."

당연히 딸뿐이다.

"자연스럽게 집에서 나올 겁니다."

"음……."

마음에 안 든다는 표정이 되는 두 사람.

하지만 노형진에게는 그들을 설득할 방법이 있었다.

"그렇게 하면 혹시 모를 사태도 대비할 수 있습니다."

"혹시 모를 사태?"

"네. 만일 범인이 아닌데 아내가 의심했다는 걸 김단수 씨가 알게 되면 이혼 사유가 될 수도 있습니다."

상당히 불편한 얼굴이 되는 두 사람.

"하지만 두 분이 교통사고를 당한 것으로 하면 진실은 누구도 알지 못하지요."

딸은 그저 교통사고가 난 부모님을 간호하러 온 것이고, 자신들이 입을 열지 않는 이상 김단수는 진실을 모를 것이다. 경찰이 이야기할 것도 아니니까.

"하지만 진짜라면?"

"진짜라면 그냥 두실 겁니까?"

"그럴 수는 없지."

아동 유괴범을 사위로 두고 싶은 생각은 눈곱만치도 없으니 당연히 이혼시켜야 한다.

"두 분이 도와주시면 저희는 비밀리에 조사할 수 있습니다. 하지만 그러지 않으면 아내분에게 사정을 말하고 도움을 요청해야 합니다."

"끄응……."

결국 딸에게 부담을 안겨야 한다는 소리다.

당연히 부모 된 입장에서 그걸 그냥 받아들일 리 없다.

"그냥 입원만 하면 되는 거요?"

"네. 단, 두 분이 다 거동이 불편해져야 합니다."

"그건 어렵지 않지만……."

같이 차를 타고 가다가 사고가 났다고 하면 된다.

나이가 있어 뼈가 잘 부러지는 나이니 그냥 다리가 부러졌다고 하면 그만이다.

"도와주겠소."

"감사합니다."

"단, 이 모든 건 다 비밀이오. 알겠소?"

"그럼요."

노형진은 두 사람을 보면서 싱글싱글 웃었다.

이것이 법이다

"우리 집, 인도 요릿집 준비한 거 아니지?"

"시끄러워요. 당분간은 부모님한테 가 있어야 하니까 그렇게 알아요."

예정대로 두 사람은 교통사고를 핑계로 입원했다. 그리고 그녀의 딸이자 김단수의 아내는 병간호를 위해서 병원으로 가게 되었다.

"그래도 그렇지, 이건 너무하잖아?"

그 대신 해 두고 가는 것이 어마어마한 양의 카레.

그걸 본 김단수는 한숨을 쉬었다.

"이걸 다 먹으라고? 반도 못 먹겠다."

"언제 올지 모르니까 두고두고 먹어요."

캐리어에 짐을 바리바리 싸서 나가는 그녀.

"나 없어도 밥은 잘 챙겨 먹고, 무슨 일 있으면 바로 전화해요."

"알았어."

"애들은 바로바로 재우고요."

"그래야지."

그렇게 이별 아닌 이별을 마친 김단수는 왠지 모를 미소를 흘리기 시작했다.

김단수의 아내가 병원으로 간 지 이틀째.

강만중은 감시 중인 차량으로 들어가면서 물었다.

"뭐 좀 건졌어?"

"딱히 없는데요."

"나가서 통화하나?"

"그래서 아내를 빼낸 거 아닙니까?"

"그건 그렇지."

바깥에서 통화하면 감청하는 것이 쉬운 게 아니다. 그래서 아내를 집에서 빼낸 것이다.

집에 아무도 없으면 김단수는 사람이 많은 바깥보다는 집 안에서 통화하려고 할 테니까.

"그런데 아무런 반응이 없어요. 우리 예상이 틀린 걸까요?"

"글쎄, 정황증거를 봐서는 그래. 일단 미국에다가 관련 기록을 부탁했으니 좀 더 기다리면 뭐든 나올 것 같은데."

강만중이 그렇게 말하면서 커피를 입에 머금을 때였다. 연결된 스피커에서 김단수의 목소리가 흘러나왔다.

-나다, 단수.

어디론가 전화하는 그를 보고도 다들 시큰둥했다. 지금까지 통화한 게 한두 번이 아니니까.

그러나 다음 순간, 그들은 벌떡 일어나서 후다닥 자리를 잡을 수밖에 없었다.

―표적이 정해졌다.

"표적? 지금 들었지?"

"네네!"

"빨리 녹음해, 녹음."

"이미 하는 중입니다."

통화가 녹음되는 줄은 꿈에도 모르고 김단수는 상대방에게 이런저런 이야기를 하기 시작했다.

―강만중이라고, 조그만 기업에 다니는 놈 아들내미야. 뭐? 거지 새끼는 버리자고? 그 새끼가 거지는 아니야. 아버지가 가진 땅이 재건축되어서 2억이나 받았다고. 지금까지 중에서 최고 건수야. 그 아버지라는 녀석 계좌도 털어 봤는데 무려 20억이나 들어 있더군. 그러니 털 만하겠어. 위험하지 않겠냐고? 얌마, 졸부야, 졸부. 보니까 그 돈 들어온 지 채 한 달도 안 된 거야. 그런 새끼들이 무슨 인맥이 있겠어? 적당히 2억쯤 털면 될 것 같다.

자신의 이름과 자신이 이야기한 모든 것이 그의 입에서 나오자 강만중은 미소를 지었다.

"잡았다, 이 개새끼. 번호는 알아냈어?"

"네."

발신 위치만 안다면 해당 지역의 기지국을 통해서 발신 번호를 알아내는 것은 어려운 게 아니었다.

같은 시간에 발신을 하는 사람이 한두 명인 것은 아니다.

그러나 초 단위로 기록되는 내부에서 정확한 전화 시간을 알고 있으니 구분하는 것은 어려운 게 아니다.

더군다나 저 녀석들은 외국인 명의의 대포폰을 쓴다.

즉, 폰 주인 중에서 외국인을 찾으면 된다는 거다.

─그래, 수철이한테 이야기 좀 해 두고. 사진은 구해 놨다. 애새끼 사진을 자랑스럽게 자기 SNS에 올렸더군. 작업 시간은 나흘 후 토요일로 한다. 태권도장을 갔다 오는 것 같더군. 차 준비하고, 알았지?

대화하던 그는 외부에서 들리는 소리에 시선을 그쪽으로 돌렸다.

─오늘은 이만하지. 그래, 나중에 다시 전화하마.

그는 전화를 끊고는 문으로 나갔다. 그리고 문이 열리면서 두 아이가 들어왔다.

"아빠."

"아이구, 우리 보물들 왔어!"

인자한 모습을 보이면서 아이들을 안아 주는 김단수를 보면서 강만중은 절로 구역질이 났다. 다른 사람의 아이를 유괴해서 돈을 벌면서 자신의 아이들 보고 보물이라니.

"저 새끼는 내가 조져 버린다."

"걱정 마세요. 확실하게 도와드릴 테니까."

그 모습을 본 다른 경찰들도 구역질이 난다는 표정으로 공감을 표시했다.

"저 녀석이지?"

태권도복을 입고 건물에서 나와서 터덜터덜 멀어지는 초등학생을 보면서 수철은 확실하게 물어봤다.

"그래, 저 녀석이야. 동선은 확인했어. 여기에서 10분쯤 가면 골목으로 들어가. 그곳에서 태우면 된다."

"그래?"

"그래. 집에 가는 지름길인데, 통행이 거의 없어. 카메라도 없고."

"오케이."

수철은 히죽 웃었다.

무려 2억이다. 지금까지처럼 짜잘하게 수천이 아니라 억 단위.

이번 건만으로 1인당 5천을 건질 수 있는 것이다.

"혜영이가 미리 주변에 자리 잡고 감시하고 있으니 다른 사람이 오면 바로 연락 줄 거야."

"오케이."

수철은 고개를 끄덕거렸다.

수철은 천천히 차를 몰고 앞질러 가서 미리 골목 근처에 자리를 잡았다. 그리고 다른 한 명은 재갈과 두건을 준비했다.

"내가 뒤에서 오는 사람 있는지 볼 테니까 너희는 여기서 기다려."

"오케이."

김단수는 그렇게 말하고는 차량에서 내렸다. 그리고 그를 내린 차량은 사람이 잘 안 다니는 으슥한 골목으로 차를 숨겼다.

김단수는 모른 척 그 아이를 지나쳤고, 아이도 스마트폰을 보느라고 정신이 홀딱 빠져 있었다.

'최고군.'

사람도 없고 아이는 스마트폰에 빠져 있다.

그리고 반대쪽에도 사람이 없다. 있다면 안혜영이 연락했어야 한다.

더군다나 차는 안쪽에 잘 숨겨져 있다.

"흠흠흠……."

그는 들어가는 입구에 슬며시 자리를 잡았다. 그리고 전화했다.

"시작해."

─오케이.

김단수는 슬쩍 골목으로 들어가는 입구를 막았다. 그리고 힐끔 안을 바라보았다.

골목에서 튀어나온 누군가가 번개같이 아이를 낚아채서 입을 가리는 것이 보였다.

그는 능숙하게 입을 가리고는 다시 골목 안쪽으로 들어갔고, 채 2분도 지나지 않아서 차 한 대가 번개같이 바깥으로 튀어나왔다.

부아앙!

급가속을 하면서 반대쪽 골목으로 튀어 나가는 차량.

그걸 보고 김단수는 히죽 웃으면서 그곳을 떠나려고 했다. 그러나…….

끼이익!

커다란 파열음이 들리고 그 소리에 고개를 돌렸을 때, 반대쪽 골목의 입구에서 경찰차가 차량을 막고 있는 게 보였다.

'싯팔.'

그가 바보도 아니고, 이 상황에서 우연히 경찰이 길을 막을 가능성이 없다는 것은 알고 있었다.

그는 다급하게 몸을 돌려서 도망가려고 했다. 그러나…….

"도망가 주면 나야 땡큐지."

그의 앞을 가로막는 커다란 덩치의 남자.

"그리고 저항해 주면 나야 더 땡큐고."

수갑을 흔들면서 서 있는 강만중.

"저항하면 널 흠씬 패 줄 수 있는데, 저항할래?"

"크윽……."

김단수는 주변을 둘러보았다. 도망갈 수 있으면 가기 위해서였다.

그러나 이미 주변은 경찰로 보이는 사람들이 포위하고 있었다.

"저항할래, 아니면 그냥 내가 미란다원칙 읽어 줄까? 아, 그 전에 손부터 드는 게 어때?"

강만중은 여전히 손가락에 수갑을 걸고 흔들어 대면서 이죽이죽 말했다.

마음 같아서는 진심으로 두들겨 패고 싶었지만 경찰로서 그랬다가는 문제가 생길 게 뻔하니 참는 수밖에 없었다.

김단수는 얼굴을 찡그리면서 천천히 손을 들었다.

그럼에도 불구하고 주변을 둘러보면서 빠져나갈 구멍을 찾는 데 여념이 없었다.

그러나 방법은 없었고 결국 그는 두 손을 천천히 하늘로 들어 올렸다.

그걸 확인한 강만중이 다가와서는 그의 팔을 거칠게 내렸다. 그리고 주저하지 않고 그의 손에 수갑을 채웠다.

'카르륵' 하는 소리와 함께 수갑에 자신의 팔이 걸리자 김단수는 강만중에게 비웃음을 날렸다.

"미쳤군."

"뭐가?"

"함정을 파겠다고 애를 미끼로 써? 그러면 이게 얼마나 문제가 될지 알고 있지?"

"아하! 그렇지, 그럼. 문제고말고."

아마도 언론에서 안다면 게거품을 물고 경찰을 힐난할 게 뻔한 일이었다.

그럼에도 불구하고 강만중은 전혀 당황하지 않았다.

"하지만 우리는 애를 이용한 적이 없는데?"

"뭐라고?"

이죽거리면서 김단수를 놀리는 강만중.

그러는 사이 차량에서 아이를 꺼낸 노형진이 두 사람에게 다가왔다. 그런 그에게 강만중은 히죽 웃으면서 말했다.

"이 녀석이 애를 미끼로 썼다고 뭐라고 하는데요? 참 아동 인권 주의자 나셨습니다."

유괴범이 아동 인권을 운운한다는 말에 노형진은 피식 웃었다.

"애가 어디 있다고요?"

"네놈 옆에 있는 애는 애가 아닌가?"

분명히 차량에 납치되어서 들어갔다가 나온 녀석은 애였다.

아니, 애여야 한다.

누가 봐도 초등학생으로 보이는 사람이었다.

'그런데 담담해?'

그런데 뭔가 이상했다.

아무리 애가 사전에 이야기를 들었다고 하더라도 저렇게 차분할 수는 없다. 울고불고 난리를 쳐야 정상이다.

그런데 전혀 놀란 기색이 없다.

"지랄하네."

심지어 말까지 거칠다.

표정도 애들이 짓는 그런 표정이 아니다.

그 애는, 아니 아이의 모습을 한 남자는 김단수를 보면서 자신의 가운뎃손가락을 힘줘서 세웠다.

"내 나이가 마흔이 넘는다, 이 새끼야."

"뭐라고?"

아무리 봐도 초등학생 같은데 나이가 마흔이 넘었다니? 무슨 말도 안 되는 개소리란 말인가?

"넌 모를 거야, 아마 그때쯤에는 한국에 없었을 테니까. 너 '세상에나 만상에나'라는 프로그램 알아?"

"그건……."

알기는 안다. 가끔 가족들이 보는 걸 본 적이 있다.

한국에서 방영되는, 신기한 일을 찾아서 보여 주는 프로그램이다.

"그게 왜……?"

"거기 나왔던 분이야."

"뭐?"

"영원한 초등학생이라고 나왔지."

어떤 이유에서인지 그는 초등학교 이후에 성장이 멈췄다. 그래서 성인임에도 불구하고 초등학생의 외모를 가지고 있다.

그 당시 방송에 나와서 상당히 이슈를 탔던 것이다.

"하지만 넌 모르겠지."

그 방송이 나갈 당시 그는 미국에 있었으니 알 리 없다. 한국에 온 후에 그걸 찾아봤을 리도 없고.

"그러니까 법적으로 저분은 성인이니 아무런 문제가 없다는 거지."

"크읔."

그들은 계획적인 범인이고, 빠져나갈 방법을 찾으려고 할 거라는 것쯤은 알고 있었다. 그러니 어떤 꼬투리든 잡으려고 할 거라는 것쯤은 어려운 예상이 아니었다.

설령 그것이 아니라고 하더라도, 미성년자인 초등학생을 범죄의 미끼로 쓸 수는 없는 노릇이 아닌가?

"더군다나 난 선생님이거든."

"선생님?"

"그래."

그는 현재 한 대안 학교의 선생님으로 재직 중이다.

외모가 초등학생이라고 해서 사회생활을 못 하는 것은 아니니까.

그러니 선생님인 입장에서 유괴범을 도무지 용서할 수가 없었다.

그래서 그는 도움을 청하자 흔쾌하게 받아들였고, 그 덕분에 범인들을 일망타진할 수 있었다.

"유괴하면서 애들한테는 보물들? 지랄하네."

강만중은 수갑을 아주 강하게 조이면서 김단수의 귀에 대고 이죽거렸다.

"과연 아이들이 유괴범을 부모라고 인정하는지 두고 보자고."

김단수는 사정없이 얼굴이 찡그러질 뿐이었다.

⚖️

"스물다섯 건이더군요."

강만중은 혀를 내두르면서 말했다.

"우리가 찾은 것 말고도 일곱 건이 더 있었습니다. 그중에서 두 건이 살인이고요."

피해자 가족이 돈을 구하지 못하자 가차 없이 죽여 버린 것이다.

"그런데 왜 우리한테는 안 걸린 거죠?"

"유괴 살인으로 신고하기는 했는데, 그쪽 팀에서는 원한이 있다고 생각했나 보더군요."

"끄응……."

협상도 하지 않고 그냥 죽여 버렸으니 원한이 있다고 생각할 수밖에 없었을 것이다.

"김단수와 두 놈, 노 변호사님 예상대로입니다."

그들은 미국에서 유학한 놈들이었다. 그리고 미국에서 한국 갱단에 있던 놈들이었다.

그들은 그곳에서 범죄를 배웠고 한국에 들어왔다. 그러다가 김단수가 횡령하는 것을 기점으로 다시 뭉쳐서 범죄를 저지르기 시작했다.

김단수는 경찰이 여자는 잘 의심하지 않는다는 걸 알고 안혜영을 패거리로 끼어들게 했다. 그녀는 경찰이 있을 만한 장소에서 감시 역할을 담당했고 말이다.

"미친놈들."

언론에서는 기업형 유괴 조직이 발생했다고 난리법석이었고, 초등학교 앞은 아이들을 데리고 가려는 부모들로 만원이 되어 버렸다.

"세상은 넓고 미친놈은 많은 법이지."

노형진은 씁쓸하게 말했다.

"이런 녀석들이 더 생길까요?"

"모르죠. 우리가 박멸한다고 했지만……."

한국 갱단은 상대방의 약점을 쥐고 한국에서 자신들에게 협조하도록 하는 식으로 권력을 잡으려고 했다.

그러나 그들은 와해되었다.

그 과정에서 그 약점 목록이 수사 당국에 넘어갔지만 수사 당국은 그다지 처벌할 생각을 하지 않았다. 이미 권력을 쥔 자들을 처벌하는 것은 쉬운 게 아니니까.

일부는 미국에서 범죄인인도 요청을 받아서 미국에서 처벌받게 되었지만 대부분은 그렇지 않다.

"더군다나 그 약점도 전부 다 있는 것도 아니고."

그저 그런 놈들은 약점도 없었다.

그러니 얼마나 많은 놈들이 그 갱단을 거쳐 갔는지, 그리고 또 얼마나 한국에 퍼져 있는지 확실하지 않다.

"확실한 건 이런 방식이 이번뿐만이 아닐 거라는 겁니다."

"으음……."

"인간의 범죄는 계속 발전합니다. 그리고 그 수사 기법도 계속 발전해야지요."

"한국에서는 그게 제일 어려운 일입니다. 제대로 교육하는 기관도 없고, 형사들이 새로운 기법을 배우고 싶어 하지 않아요."

"압니다."

노형진은 한숨이 나왔다.

"그래서 답답할 뿐이지요."

그저 쓴웃음만을 남기는 사건이었다.

다음 권으로 이어집니다

이것이 법이다

200평 초대형 24시 만화방

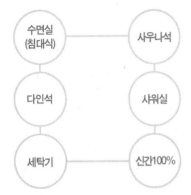

- 수면실 (침대식)
- 사우나석
- 다인석
- 샤워실
- 세탁기
- 신간100%

📖 수원 인계동점

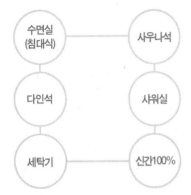

- ● 나헤석거리
- ● 농협
- ● CGV
- ● 수원시청역 ⑧
- 무비 사거리
- 소주한잔 건물
- 24시 만화방 3F
- ● 홍콩반점
- ● 홈플러스

TEL : 031-226-3771
수원시 팔달구 인계동 1041-11 3층 24시 만화방

📖 의정부점

- 의정부역 ④ ⑤
- 흥선지하도
- ◀서울방향
- ● 진성약국
- ● 던킨도넛츠
- 24시 만화방 3F

TEL : 031-856-3971
경기도 의정부시 의정부동 197-13 3층

📖 주안점

- 주안 남부역
- ◀제물포
- 민병철 어학원
- 간석동▶
- ● 25시 만화방 6F

TEL : 032-426-2871
인천광역시 주안남부역 지하상가 4번 출구 GS25시 건물 6층

📖 안양점

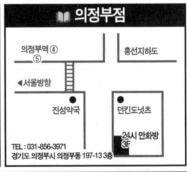

- ● 안양역
- 육교
- ◀관악역
- 명학역▶
- ● 농협
- 24시 만화방 2F
- 안양일번가

TEL : 031-466-3771
경기도 안양시 안양동 674-163 죠이당구장건물 2층

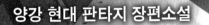

양강 현대 판타지 장편소설

『전설이 되는 법』『역대급』 양강 신작!

테러 단체에 납치되어 광산 노예로 살아온 제이슨
그에겐 하루를 두 번 사는 능력이 있다!

세계의 비밀 '카이트'!

필사의 탈출로 새 인생을 살게 된 그는
자아를 가진 돌, 카이트의 힘마저 손에 넣고
손대는 사업마다 성공을 일구며 승승장구하지만
그 때문에 세계 권력자들과 부딪치게 되는데……!

내일도 오늘!
그에게 실패란 없다!

마운드의 제왕

정한담 스포츠 장편소설
ROK SPORTS FANTASY STORY

혜성처럼 나타난 야구계의 이단아
환상의 제구로 마운드에 우뚝 서다!

한국 야구계의 전설 최동훈의 피를 물려받았지만
야구선수로서의 능력은 제로였던 최성호

'패전 전문 투수', '물투수' 등
치욕적 별명만 얻은 채 입대를 하게 되고
야구에 대한 꿈을 접으려 할수록 미련은 강해져만 가는데……

그런 그의 눈앞에 나타난 건
어릴 적 받은 야구 카드의 주인공, 새철 트레벌?

더 이상 아버지의 이름을 더럽힐 수는 없다!
스승과의 하드 트레이닝을 통해
마운드의 제왕으로 거듭나라!